岩　波　現　代　文　庫

さだの辞書

さだまさし
Masashi Sada

文芸 356

JN053424

岩波書店

目　次

扉絵　堀川理万子

ルーツにまつわるエトセトラ

賃餅・床屋・去年今年《こぞことし》

お金の無い歳の瀬は切ない。

子どもの頃、歳末になると母の懐《ふところ》の心配ばかりした。父は足場丸太専門の材木屋で、檜林や杉林の間伐材を捨て値で譲り受け、それを足場丸太として商うというのは元手のない材木屋としては良いアイデアだった。昭和三〇年代、高度成長期に入り、これは商売としても十分に成立したようだ。ところが昭和三二(一九五七)年の諫早《いさはや》水害で所有していた材木を全て流されて財産を失い、父は店を畳み、以後は細々と材木の仲買いなどをしながら我々家族を養った。

子ども心を痛めたのは正月の餅のことだ。

父の商売の盛んな頃には、歳末になると親類や店の使用人達が集まって長崎市上町にあった広大な自宅の大きな土間で盛大に餅搗きをした。蒸籠《せいろ》で蒸した糯米《もちごめ》を臼の上に投げ出すと一気に立ち上る湯気の中で、掛け声よろしく屈強な大人達が杵を奮い、あっという間に米が繋がって白い餅になってゆく。

片肌を脱ぎ、水で右手を濡らしつつリズミックで勢いのある合いの手を入れながら、布でもめくるように餅をめくる男衆の手の動きを今でも鮮明に憶えている。そうして搗き上がった餅を女衆が水で手を冷やしながら小さくちぎって「丸餅」にして「餅箱」に並べていく。

故郷長崎には丸餅だけでなく、あんこを入れた「あん餅」もある。何処かの店から買ってきた小豆餡を手際よく包んであん餅にしてゆく祖母や母の指先。子ども心にもその手際に見惚れたものだ。

しかし父が没落し、長崎市新中川町の長屋に越した後は、家での餅搗きなど出来なくなった。当時は糯米代に手間賃を乗せて餅を搗いてくれる店があって、餅搗きをしない家庭は正月の餅をそういう店に頼む。「賃餅」といった。何処にあるのかも、屋号さえ知らないお店から暮れになると賃餅が届く。深さが三寸余り、幅は一尺、長さが二尺程の餅箱の中には「お飾り」用の大きな餅と中くらいの餅、そしてその脇に小さな丸餅とあん餅が並んでいた。父の景気が良い年には二箱重ねで来たこともあったが、景気の悪いときには飾り餅も小さくなり、ガランとした餅箱の中に小さな丸餅が十《とお》そこそこという年もあったので、暮れになって届く餅箱の中を、両親の顔色をうかがいながらいつも怖々覗いた。

長男というせいもあるのだろうか、虚栄心のせいだったか、家計の心配ばかりしているような気の小さな子どもだった。餅が沢山並んでいると、ああ、今年は父の商売は良かったのだと、それだけで踊り出したくなるような喜びに満たされたけれども、餅の数の侘しい年などは、父や母や弟妹や自分の未来が昏い闇の中にしぼんで行くような焦燥感に怯えたものだった。

餅が一段落しても、貧乏な家にはまだまだ歳末の難儀が待ち構えている。

母は子ども達には出来るだけ聞こえぬように気遣いながら父にお金の話をした。年末の算段は大変で、家賃やら普段はツケで頼める食料品の支払いやら、とにかくある程度お金がないと年を越せない、と母は父に訴えた。

幼い弟妹に家計は解らないが、一日も早く大人になって、母を家計の苦労から解き放ちたいと僕は一人身をよじらせた。しかしそれも晦日までのことで、いよいよ大晦日となれば、これを斟酌と言うか忖度と呼ぶかは難しいところだが、今年の集金を「諦めてくれる」相手も現れる。当時はどの家もほぼ一様に貧しかったから、互いに「惻隠の情」の湧く時代だったのかも知れない。

そんな大晦日、子ども心に不思議だったのは、父の行動であった。

父は晦日を乗り切ると、大晦日の昼間には必ず僕を連れて床屋へ行った。床屋で幾らかかるかは料金表を見れば子どもでも解ることで、こんなお金でも母に渡したいと悶々としながら一緒に髪を切られた。それから父は必ず靴屋へ寄り、靴を磨いて貰った。

「坊ちゃんはここに座らんですか」

靴屋の若い店員が僕に椅子を貸してくれ、父の靴が磨かれるのをその椅子に座ってぼうっと眺めていた。父は屈託無く明るく店員に話しかけ、次々に面白いことを言い、店員も嬉々として会話を弾ませてときどき二人で大笑する。家でお金の心配やら、次々と来る借金取りに詫びたり言い訳をする母の顔を想像し、こんなときに暢気に靴など磨こうという父の神経が憎らしくさえ思えた。

ただ、父にとって一年のうち大晦日から三箇日《さんがにち》までが僅かな「休戦期間」で、その間に髪を整え、靴を磨いて来たるべき新年の「戦備え」としたのであろうと、大人になれば理解出来ることだが、当時は「身勝手な贅沢」にしか映らなかった。

またそんな日に「映画を観に行こうか」と言われて驚いたことがある。道楽や趣味のない父にとって「映画鑑賞」は唯一の楽しみだったが、この日に僕が同意したことは一度も無かった。

家に帰ると母は諦めたのか安心したのか、父に文句の一つも言わず、さっぱりと明るい顔で迎え、静かに正月用の御節を調理しながら、年越し蕎麦や雑煮の出汁になる鶏ガラを炊いていた。高価なエビだのアワビだのはなかったけれども、高野豆腐、甘い玉子巻、鶏肉と里芋人参牛蒡蒟蒻を煮付けたのや昆布巻きに甘い寒天、田作り、黒豆、鶯豆と母の御節はみな手作りで美味しかった。

父は父なりに母に最低限の年越し費用を工面していたのだろうと思う。夜になっても母の調理は終わらず、子ども達は当時人気のダイヤモンドゲームやら双六、トランプと遊び続け、紅白歌合戦が始まった頃になってようやく一段落した母が年越し蕎麦を作る。その後、家族揃って諏訪神社や近所の若宮稲荷に初詣に出掛けた。

除夜の長崎はとても華やかだ。

上町に住んでいた頃は、一筋上の通りにある黄檗《おうばく》宗の名刹聖福寺の名鐘「鉄心の鐘」がごおん、と長く重い音を響かせ、家から港へ向かって一丁ほど離れた中町天主堂のアンジェラスの鐘が「からんからんからん」と明るい音を振り撒く。そうして午前〇時になった瞬間に、長崎港に停泊する船という船が一斉に様々な音色の汽笛を長く鳴らすのである。この頃には子ども達はすっかり遊び疲れて吸い込まれるように眠りに落ちる。

そうして元旦、目覚めると既に雑煮の匂いがしていた。

前夜に珍しく夜更かしをした子どもは何処か頭の芯が定まらず、暫くぼうっとしたあと慌てて着替え、父が既に着物姿で茶を飲んでいる食卓に集まって新年の挨拶をしてから家族揃って屠蘇をいただく。正式な作法は年少者から、と言うが、我が家ではまず父から杯をとり、長男、次男、長女と続いた後で最後に父が母に屠蘇を注いだ。それから父が懐から恭しくお年玉の袋を取り出し、子ども達に手渡した。幾ら入っていたか憶えていないが幾らであろうと嬉しかった。いずれ全て母の手に渡るものだ。

そうしてようやく雑煮が出る。輪切りにした冬大根がじっくり煮えて、焼いた丸餅が一つ。それに赤と薄緑の、厚手に切った鳴門蒲鉾が一切れずつ入った簡素な我が家の雑煮は江戸前の鶏出汁である。これに浅葱を撒いて熱々をふうふうといただく。歳末に鬱々と母の懐を推し量ってオロオロするばかりだった気の小さな長男が解放される瞬間である。

「元日や餅で押し出す去年糞」

父は必ず下品なことを言い、母は必ず不快そうに窓の外を見た。

正月が来た。

誕生日・范蠡・深仕舞い

もう三〇年ほども昔の話だが、四月一〇日の僕の誕生日になると、僕の旅先のホテル、或いはコンサートを行うホール宛てに毎年母から長い長い祝電が届いた。豪華な漆電報だったり、華やかな押し花電報だったり、時にはメロディ付きのものであったりした。「お前を産む為に私が入院したのは三月末で、ちょうど長崎は桜が満開の頃でした」などという僕を産んだ当時の季節の描写に始まり、文学好きの母らしく僕を産んだときに母の胸に刻まれた細やかな記憶を綴った長いラブレターのような電報が毎年届くのだった。

母が小柄であったことと「お前がお腹にいるときに私は毎日毎日ワダカルシウムをバリバリと齧《かじ》るように大量に食べ続けた」ので僕が三八〇〇グラムと育ち過ぎたせいか、大難産になった。相当危険なお産だったようで医師から「いざというとき母親を助けますか、それとも子どもを助けますか」と二者択一を迫られた父が、「二人とも助けるに決まってんだろ」と怒鳴ったという話は後にその病院で語り草になった。結果僕は危険な鉗子《かんし》分娩によって無事に生まれ、母もどうやら無事であった。

このとき、その鉗子が奇跡的に両目の下、頬骨の一番上に当たったお陰で僕は失明を免れたが、その痣は少年時代には薄青い隈のように目の下に浮き出ていたし、歳を取った今でも少し疲れたときには目の下ににじわり、と隈が浮き出してくる。なにより鉗子で引っ張られたから頭がヘチマのように長く伸びたので酷く心配したらしいが、二日もたたぬうちにまん丸になったのだから赤ちゃんの頭は柔らかいものだと胸を撫で下ろしたと言う。

「お前を抱いて家に帰ったとき、お祖母ちゃまが私を迎えるために植えてくださった矢車草が玄関先の花壇から吹きこぼれるように美しく咲いて迎えてくれたのですよ」とか、「男の子が生まれたと聞いたとき、お祖母ちゃまは余程嬉しかったのでしょう、ご近所に迷惑にならぬよう押し入れを開け、布団に頭を突っ込んで大声でバンザーイと三回叫んだそうです」、それから「お前はほとんど手が掛からず、いつもニコニコするばかりで、泣き叫ぶことのない赤ちゃんだったから、ご近所から佐田さんの家から赤ちゃんの泣き声がしないけれども、生まれたんだよね、などと聞かれたものです」など、自分の知らない自分を、毎年少しずつ母から教えられた。

僕の生まれた当時、長崎市内では原子爆弾被害は落ち着いておらず、新生児は必ず

「検査すれども治療せず」で悪名高かった原爆傷害調査委員会(ABCC)で強制検査されることになっていた。僕の背中の小豆ほどの小さな痣が引っかかったらしく、母は僕を抱いて三度もABCCに通った、と言うが結果はただの「濃い産毛」だったそうで、どうやらことなきを得た。

四月一〇日生まれだと、新学期が始まるとすぐに誕生日が過ぎて、いつも友達の誕生日を祝うばかりだったが、その頃読んだ本には必ず四月一〇日生まれの有名人に淀川長治、永六輔、和田誠、レーニンなどと書いてあって、幼い頃から憧れていた永六輔さんと同じ誕生日であることは少年の頃からの密かな自慢だった。

あるとき仲良しの「おすぎ」と四月一〇日生まれの有名人の話になったら、その話を非常に面白がって「是非誕生会をやるべし」と皆さんへの呼びかけ人になってくれて、次の四月一〇日に淀川長治先生、永六輔さん、イラストレーターの和田誠さん、和田さんの奥様、平野レミさんもご一緒にお出ましいただき、おすぎを筆頭に六人で誕生会をやった。僕は平野レミさんのお父様の平野威馬雄先生の大ファンで、はじめはレミさんとお化け話で大いに盛り上がった。

やがて永さんと和田誠さんが僕のコンサートトークの話を始め、「そうだ、まさし、あの○○の話を淀川先生にお聞かせしろ」だの「次は○○話だ」と面白がるから、僕は寿司の一貫をつまむ暇もなく、どんな話でも喜んで拍手をしながら笑ってくださる淀川先生へ、次から次へと面白話をご披露すること三時間余。その日のうちに名古屋へ行かねばならない予定の、僕の時間切れとなり、後ろ髪引かれる思いでその場を離れた。

僕が去った後、淀川先生がずいぶん感心して「いやあ、あの青年は面白い人だねえ。何する人?」と仰ったそうな。一同大爆笑になって更に盛り上がったらしく、数日後に旅先の永六輔さんからいつもの筆文字で一葉のはがきが届いた。淀川先生のエピソードを小さな文字で手短に記した後大きな文字で「まさし、君はまだ無名です」と書いてあった。

この誕生会での淀川長治先生の言葉が胸に残っている。

「今まで生きてきてね、辛いこと、悔しいこと、悲しいことなど沢山ありました。でもね、僕はやっぱり生まれてきて良かったと思うのね。だから誕生日は自分が生まれたことをお祝いする日じゃなくて、命懸けで僕を産んでくれた母を思って一日過ごすことにしているんです」

忘れられない言葉だ。

以後僕は自分の誕生日の朝には、まず母に電話をするようになった。格別何を言うわけではない。「誕生日になりました、ありがとう」と伝えるだけだ。

パーキンソン病と闘い、最晩年は大腸がんや肺炎に襲われながらも勝ち戦を続けていた母は、平成二八(二〇一六)年の僕の誕生日の三日前の四月七日、長崎に「花散らし」とでも呼ぶような強い風の吹く朝、ふと思い出した買い物にでも出かけるかの如くふらりとこの世を去った。いかにも母らしい去りようだった。ああこれでもう母から誕生日の祝電が届くことはないのだな、と思ったとき、もっと沢山話をしておけばよかった、と己の親不孝を悔やんだ。

一方父は、男同士だからか、昔から僕の誕生日などには興味を持たなかった。父は元々母と違って全くの筆無精で、何しろ僕が単身下宿生活を送っていた中学一年生から大学二年になるまでの八年のうち、父からの手紙は高校二年のときに貰った、たったの一通だけである。それも「前略」の後、過日自分の「金的」が痛みも痒みも無く、理由も思い当たらぬのに突然腫れてしまったので慌てるやら情けないやら、という、どうでもよいような下らない話を綴ったかと思うと、「しかし人生何事があっても絶望してはならない」とか言いだした挙げ句、突然児島高徳を持ち出して「天勾践《こうせん》を空《むな》しうするなかれ　ときに范蠡《はんれい》なきにしもあらず」などと書いてあった。

父はやたらと大きな文字でたった一二行ほどのそんな話のために便せん二枚も費や

した。へえ、父はこんな字を書くのか、としみじみ眺めたが、最後は「火急にて乱文御免　雅人」と結んであった。父の金的と范蠡が一体どこで繋がるのかしらんと、僕はしばらく笑ったが「金的」はすぐに治ったらしい。ただ、こういう「下《しも》」の話題は母の最も嫌うところであったので、この貴重な父からの手紙を母の目に触れぬように「深仕舞い」をしていたら引っ越しのときに紛失してしまったので惜しいことをした。

ところで何かの折、父に僕の誕生日にきっと母がくれる電報の話をしたことがあった。「そうかおかあさんらしいなあ」と父は感心したのか無関心なのかわからない調子でそう答えたきりであったが、何か思うことがあったかその翌年の誕生日に、突然父から旅先の僕宛てに電報が届いた。勿論父からの電報など初めてである。ひどく驚いておそるおそる読んでみるとたった一行、吉田松陰の辞世の歌のもじりで「身はたとひ妻子の野辺に朽ちぬとも留め置かまし色気魂」とだけ書いてあった。

これも母には見せられぬと「深仕舞い」をしてしまったら、やはり引っ越しのときに失くしてしまった。

くんち・半ドン・初飛行

長崎では一〇月七、八、九日に諏訪神社の例大祭「くんち」が行われる。

今年(二〇一八年)は七年に一度廻ってくる踊り町の演《だ》し物の中でも、最も人気の高い樺島町の「太鼓山(コッコデショ)」が奉納されるから、「踊り馬場」も「庭先廻り」もかなり熱く盛り上がるだろう。町の人が自慢げに「長崎っ子」と胸を張るのは諏訪神社七七ヶ町(現在は五九ヶ町)の氏子のこと。「江戸っ子たぁ神田っ子のことでぃ」と威張るのに似ている。僕は上町の育ちで勝山小学校(現桜町小学校)に入学したから、長崎っ子と威張っても良いだろう。

僕の母は今籠町に生まれ育った生粋の長崎っ子で、くんちの「砂切り《しゃぎ》」(お囃子)の音が聞こえると落ち着かず、思わず腰が浮いてしまうという、くんち好きの町っ子だった。

日本最初のキリシタン大名、大村純忠が宣教師ワリニャーノの進言で、長崎の町をイエズス会に寄進したから、一時期長崎は「イエズス会領地」の時代があり、この頃長崎を大村純忠の洗礼名の「ドン・バルトロメオ」と呼んだという。当時大村純忠による過激な布教によって寺社の焼き討ちや僧侶の殺害などが行われ、そのことが「禁教令」後のキリシタンへの厳しく執拗な弾圧を生んだようだ。このときに焼き討ちに遭い、破壊されて無くなっていた神社が一六二五年、初代宮司青木賢清によって長崎の産土神《うぶすながみ》として再建されたのが諏訪神社で、現在では諏訪・森崎・住吉の三神が鎮まっている。

陰暦九月九日〈重陽〉に例大祭が行われたことが「くんち」の語源だという。当然「反キリシタン」のキャンペーンという側面があるので祭りは次第に町ぐるみになる。

江戸時代の長崎は幕府直轄の天領で、税金の免除もあったばかりか、海外貿易の利益の一部を町会所を通じて竈銀《かまどがね》として年に二度、町人に給付したのだ。元々江戸からの移住者も多かった住民は、お上の意気に感じて竈銀を生活でなく祭りで散財するようになり、くんちはその象徴になっていったようだ。

九年前、母が暮らす今籠町が踊り町の年、畏れ多くも僕は奉賛会の名誉会長に任じられ、黒紋付、袴に山高帽という、くんち世話人の正装で臨んだ。息子がくんちの世話人になったことは町っ子の母には誇りだったようで、こちらが驚くほど喜んでくれた。

龍踊《じゃおどり》、鯨の潮吹き、太鼓山、御朱印船といった演し物が毎年話題になるけれども、各町内にはそれぞれ町のシンボル「傘鉾」があって、実はこれがまた素晴らしい。一番上にその町内のシンボルを飾り付けた直径二メートル弱の円形の「だし」があり、周囲を「垂れ」と呼ばれる長い布で覆ってある。だしの中央を高さ三メートル程の太い竹の心棒で支え、およそ一五〇キロの重さにもなる傘鉾をひとりの傘鉾持ちが担いで先頭を行く。今は専門職で、それぞれの担ぎ手にそれぞれ大勢のファンがいる。

演し物が終わると人々はアンコールをするが、このときのかけ声は「モッテコーイ」で、これは「持って来い」そのままだ。演し物が「踊り」の場合は「ショモーヤレー」に変わるが、こちらは「所望する」という言葉から。傘鉾へのかけ声は「フトーマワレ」で、これは「大きく回せ」という意味だ。

子どもの頃は興奮した大人達が声をからして「モッテコーイ」「ショモーヤレー」と叫ぶのを「格好良い」と思った。歌舞伎座で「高麗屋！」などと良い所で声が飛ぶのに憧れるのと同じだ。僕の長崎でのコンサートでは昔からアンコールの際にあちらこちらから「モッテコーイ」の声が掛かるが、これは長崎っ子としては実に気合いが入る。

僕の母方の曽祖父、岡本安太郎は樺島町にあった廻船問屋《岡本組》「天草屋」の主人で、港湾荷役労働者、沖仲仕を仕切る侠客のような鉄火な仕事だった。当時の岡本組の沖仲仕は荒くれが多かったので、エネルギーの暴走を防ぐために草相撲を薦め、熊本の吉田司家からも相撲勧進元の免許が与えられていた。

この仲仕達に担がせたのが太鼓山で、太鼓係を乗せたまま担いだ太鼓山を空中に投げ上げ、全員が右腕一本で受け止めるという今のパフォーマンスの型に仕上げたのが曽祖父、岡本安太郎であったと我が家では語り継がれている(岡本家菩提寺の大音寺境内に高さ三メートル近い個人顕彰碑が建っている)。仲仕達は担ぐ朝から酒を飲んで気合いを入れていたそうで、踊り馬場に登場する頃、既に酔っ払って千鳥足だったのがむしろ「格好良い」と評判になったのが、今でも「コッコデショ」が登場する際に酔ってもいないのに千鳥足で現れる理由なのだそうである。

面白いのは演し物ばかりではない。

初日に諏訪・森崎・住吉三神が御旅所《おたびしょ》まで渡御する「お下り」がある。金色に輝く三つの神輿が、本殿を出てすぐの急な石段「長坂」から一の鳥居までの長い石段を、今では静々と下りるのだが、一気に駆け下りた年があった。あたかも信州諏訪大社の「御柱祭」における「木落し」を見る思いがした。勇壮に駆け下りた後、この列は何故か御旅所までは静々と、粛々と進んだ。

最終日の還御「お上り」の際も、静々と来た三基の神輿は踊り場から走り出し、急な長坂を一気に駆け上って行く。これは見物の一つだ。渡御の際、列の先を行くのは、通びらきの神「猿田彦」で、赤い天狗面で辺りを睥睨《へいげい》しながら、長刀《なぎなた》の刃で結界の縄を切り、ゆったりと進んでゆく様は幼い頃とても怖かった。

今では考えられないが、僕らが子どもの頃はくんちの間、市内では学校も会社も半ドンになった。町を挙げての祭りだった時代のこと。

ところで僕は、七歳の年のくんちの「お上り」の日に空を飛んだ。この日の朝、僕は何人かの友達と、中町公園で遊んでいたが、何故かふと「今日なら空が飛べる」と確信した。それで首に風呂敷を結びつけ、ジャングルジムの頂上まで登った。そうしてゆっくりと深呼吸をした後、思い切ってジャングルジムを蹴った。すると僕は両手を横に拡げたまま、あっという間に空高く舞い上がった。

それから、すぐ近くの中町教会の屋根の白い十字架の左下を潜って、御旅所方向へ飛行した。左下に雪印の看板が見えた。やがて御旅所近くのお化け屋敷の入り口の前にひょいと降り立ったのである。

飛び発つときに蹴った足の感触や両腕で受けた風の重さ、息を止めていないと落ちてしまいそうで必死に息を止めたことなどを明確に身体が覚えているのだが、勿論このことを信じた友人はいない。あんまり言い張ると「嘘つき」と言われるので次第に人に話さなくなった。この歳になると記憶もおぼろげになり、やはりあれは夢であったか、と思うこともあるけれども、空を飛んだときの身体の記憶は未だに消えない。

毎年六月一日が「小屋入り」と呼ぶ祭り準備の初日で関係者は揃ってお祓いを受け、この日から四カ月間、演し物も懸命な練習を重ねる。

やがて秋、一〇月三日が「庭見せ」。踊り町では祭りに使用する衣装や道具を、季節の果物などと共に土間や庭に飾り付けて一般公開する、言わば前夜祭。我が家はキリシタンではない、という証に家の中を公開するという説も。

四日は最終チェックに当たる「人数揃《にぞろい》」でいよいよ七日から本番だ。

今年は小川町の唐子獅子踊、大黒町の唐人船、樺島町の太鼓山、出島町の阿蘭陀船、本古川町の御座船、東古川町の川船、紺屋町の本踊りとまことに華やかで賑やかだ。

モッテコーイ！

ショモーヤレー！

スパイ・料亭・侠客

僕の祖父は「スパイ」だった。

ＮＨＫテレビ「ファミリーヒストリー」という番組に出演したことで、僕自身も知らなかった祖父や祖母のことを教わってその取材力の凄みに驚き、感謝した。

明治六(一八七三)年に生まれた父方の祖父佐田繁治の実家は島根県那賀郡井野村(現浜田市)にある大きな家だった。祖父の兄は村長を務めるような人で、兄弟仲は良かったようだ。

僕が中学生の頃、父に連れられて行った実家は大地主で、いわゆる大百姓だったのだろうと勝手に思い込んでいたが、ＮＨＫの調べによれば当地は砂鉄の一大産地で、砂鉄によって潤った家の一つだったようだ。祖父はどうやら「大陸浪人」のような人だったらしいと聞いてはいたが、本格的な帝国陸軍のスパイであったと今般の取材によってどうやらはっきりした。

それぞれの家に「家庭内伝説」のような話は幾らもあるだろうが、実は僕も子どもの頃からどうも祖父は怪しい人物であると思ってはいた。遠い親類は「政治家であった」と言い、別の親戚は『万朝報《よろずちょうほう》』の記者であった、また「三井洋行の社員」だったと言う人もあり「大谷探検隊」の先遣隊の先導役として探検の資料作りをした、と言う人まであったからだ。成る程、スパイというものは様々な人物に成りすますのだと思えば、全て嘘だったかも知れず、どれも本当だったかも知れない。

明治二七(一八九四)年に日清戦争が起こり、二一歳の祖父はこれに従軍している。その後台湾で警察官勤めをしたあと、役場勤めを経て大陸へ渡ったようだ。

祖父の名前が『新疆事情《しんきょうじじょう》』(中国人・謝彬の旅行記を後に外務省調査部が和訳したもの)という本に載っていることを教えてくれたのは文藝春秋社のとある記者で、僕は直ちにその本を取り寄せて、自分で確認したのも実は数年前のことだった。『新疆事情』の六三〇頁に、確かに佐田繁治は三井洋行の物産商業調査の名目の「国際探偵ナリ」と書いてあり、NHKの調査によれば陸軍省の「密大日記」(大正七年三月五日)の諜報機関配置図には新疆ウルムチの佐田繁治は「在郷軍人下士ニシテ宗教研究ヲ目的トシ其ノ傍諜報ニ服ス」とある。成る程三井洋行も大谷探検隊もあながち全くのデタラメではないのかも知れないと思える記述ではある。

また『新疆事情』七六六頁に、佐田繁治は将来ウイグルに領事を置くための布石として様々活動しているとある。後に『万朝報』の特派員としてシベリアへ向かっているのは事実で、実際、我が国のシベリア出兵に合わせ、ゲリラによる「中ロ国境騒乱」を扇動している。

その最中、ウラジオストク市内で官憲に追われ、日本人の経営する料亭に逃げ込んだ。同胞であるという理由だけで咄嗟に繁治を匿《かくま》い、気丈に官憲を追い返した女将が後に僕の祖母になるというのだから、成る程スパイ小説としてはありがちだけれども話はぐっと面白くなる。

これもNHK調べだが、当時この料亭「松鶴楼」のひと月の売り上げが現在の一〇〇〇万円以上もあったというから大したものだ。松鶴楼という名前から、僕は勝手にその店は古い日本家屋に違いないと連想していたのだが、実は今でも建っている近代的なビルで、現在はパスポートセンターになっていると番組で知った。

祖母エムが繁治と出会ったのは、薬屋だった二人目の夫と死別し、ウラジオストク、ペキンスカヤ街で松鶴楼の営業を始めて割合すぐの頃で、更に一年後に僕の父が生まれている。一家はシベリア出兵の失敗後、国の命令によって帰国し、繁治はサハリンの森林開発権を得て、いよいよこれからというときに心臓麻痺で急逝している。僕の父が六歳になる頃のことだ。佐田繁治はこうして謎だらけの人生の幕を下ろした。

一方、明治一〇（一八七七）年生まれの祖母田原エムの人生がこれまた波瀾万丈だ。

彼女は天草郡下津深江村（現天草市）で生まれ育ち、一七歳で近在の農家に嫁した。姑とそりが合わず家を出たあと兄を頼りにシベリアに渡り、ロシア貴族の賄《まかな》い婦《ふ》をしながらロシア語を学んだ。ここで福岡県大川市出身の鐘ヶ江正と結婚して（以下は家伝だが）黒竜江支流ゼーヤ川の上流スカバロジナ金山に行商の薬売りとして入り、ここで砂金によって巨万の富を得た。

夫が仕入れに町まで行って帰るまでの二一日間を一人で過ごすため、護身用のピストルの訓練を積んだ彼女は銃の名手であったと、これは後に島根の本家の老人から「ビール瓶を五本置き、様々な撃ち方を見せてくれて一発も外さなかった」と聞いて驚いた。シベリアでの彼女の冒険譚は『おばあちゃんのおにぎり』（くもん出版刊、二〇〇一年。第一三回ひろすけ童話賞）にエピソードを少し書いたのでそちらをお読みいただけたらありがたい。

とにかく肝の太い女性で、スカバロジナ金山からの帰り道に、襲ってきた匪賊《ひぞく》の頭目と得意のロシア語で丁々発止と渡り合った話は颯爽として痛快だ。

巨万の富を得た代わりにウラジオストクへ戻ってすぐに夫の鐘ヶ江正が胃がんで死去。失意の彼女はペキンスカヤ街で料亭「松鶴楼」の経営を始め、そして佐田繁治と出会ったという訳なのである。その後も息子雅人（僕の父だ）を女手一つで育て、商才にも長けていた祖母は確かに女傑と呼んでよい人だったろう。

僕にとってはただ優しいだけの大好きなおばあちゃんだったが、時折まわりをびっくりさせた。

長崎港にロシア（当時ソ連）の軍艦が入港したと聞くと、祖母はいつものようにちびた着物を着てふらりと出掛けて行き、帰りには大きな水兵二人に驚くほど沢山のお土産を持たせて帰った。「どうしたの？」と皆が驚くと祖母はすました顔で答えた。

「ロシア語を話す年寄りだから大事にしてくれたとよ。お土産ば一杯呉れたけん、持ってきて貰うたとよ」

平然と笑いながら送ってきた水兵達に優しく語りかける祖母の流暢（かどうかは分からないのだが）なロシア語はとても美しく聞こえたものだ。

結婚直後のことらしいが、母が夕方家の戸締まりをするのを祖母はいつも不思議そうに見ていたという。「泥棒が来たら怖いでしょう？」と母が念を押すと、祖母は「来ても日本人じゃろ？」と鼻先で笑ったという。

そういえば祖母が亡くなる少し前のこと、夜中に様子を見に来た母に向かって「喜代ちゃん、外に賊が来とるけん、枕元にある銃を取って頂戴」と言う。「銃なんか無いよ」と答えると祖母は優しく笑って、「大丈夫。殺しゃせんから。ちょっと脅かして追い返すだけ」と答えたあと、すやすやとまた眠りに入った。

祖母が銃の名手だった話は祖母の姪からも聞いた。

酒乱だった姪の夫が暴れ始めたという知らせを聞くと拳銃を帯に差して出掛けて行き、声を掛けてその夫がこちらを向いた瞬間、顔の左右と頭上に平然と三発撃ったという。それですっかり夫が素面に戻ると、「よかったよかった」とニコニコしながら帰って行った、と。お陰で叔母さんの顔を見ただけで夫は素に戻るようになった、と。

そうそう、「ファミリーヒストリー」では母方の曽祖父や祖父母のことも調べてくれた。

前に書いたように、母方の曽祖父は嘉永元(一八四八)年の生まれで、明治期の長崎の港湾荷役労働者(沖仲仕)を取り仕切った長崎の顔役だった「侠客」なのであるが、父方の祖父母の話が終わらぬうちに紙面が尽きた。

続きは改めて書かせていただこう。

番組担当者の一言が胸に残っている。

「いやあ、面白かった。これお願いですから小説にして下さい」

本当にお疲れ様、心からありがとう。

塩むすび・三文安い・桃の花

そういえば母はさほど桜にこだわらなかったなと、ふとこの春、奇妙な寒暖差のせいで長く咲いた桜の樹を見上げながら思った。

母は「桜が咲いたから観にゆこう」などと言い出したことがなかった。庭に自分で花を植えるほど花が好きだった母だけに、これは謎で、弁当を作って家族で出掛けた記憶もあるが、それはハタ揚げ(凧合戦)の季節の風頭山《かざがしらやま》や甑岩《こしきいわ》などで、桜の樹の下で弁当を広げたという記憶は一度も無い。長崎市内の桜の名所といえば原爆公園、平和公園だったから、終戦当時の長崎を思い出して辛かったのかもしれず、あるいは母は大騒ぎをする手合いの酔っぱらいが嫌いだったので、そのせいかもしれぬが、それを確かめもせぬうち、母は平成二八(二〇一六)年の桜満開の朝に不意に去った。

材木屋の父が没落したのは昭和三二(一九五七)年の諫早大水害で材木を一切合切流されてしまって以後のこと。長崎市上町の、部屋が一二もあって庭に築山《つきやま》と池のあるような大邸宅から、新中川町の、ジメジメとした台所のほか二間しかない二軒長屋に引っ越したのは僕がちょうど小学校一年生の終わりだった。

狭い家に移った後も、花好きの母は、財布に僅かな余裕があれば、長屋の前の坂道を、天秤棒を揺らしながらゆらゆら上って行く花売りを呼び止めて仏花、あるいはちゃぶ台に飾るささやかな花などを買い求めた。庭と呼ぶのも恥ずかしい二坪ほどの庭を、母が耕して小さな花畑を作ったのは祖母が亡くなった翌年のことだったから僕が四年生か五年生のときか。

伊良林小学校の校舎の二階より上の一番南の角へ行けば我が家を見下ろすことが出来た。授業の合間に廊下の窓から母を呼んで手を振ると、大盥《おおだらい》に洗濯板を使って洗い物をする母が笑いながら手を振り返してくれた。

貧しいけれども不幸せではなかった。

祖母は長屋に転居して二年後に寝たきりになったが、母は姑によく仕えた。祖母も「喜代ちゃん、喜代ちゃん」と母をとても愛した。

後に聞いたことだが母は大好きだった姑に一つだけ不満があったようだ。それは僕が生まれたあとのことで、母が若い頃に肺浸潤を疑われたことがあった、という一点で祖母から授乳を制限されたこと、いつのまにか夜寝るときには赤ん坊の僕を祖母が抱いて寝るようになったので、母にしてみればなんだか長男を盗られたような気持ちがした、というようなことを大分大人になってから僕に告白したことがあった。「婆ちゃんっ子は三文安い」などというけれども、まさに僕は三文安い婆ちゃんっ子だった。

幼い頃、家を出て外へ遊びに行くとき必ず祖母がついてきた。町内の「まるた」という駄菓子屋の前で祖母は毎日懐から一円札の束を出し、ゆっくり数えて僕に一〇枚くれた。

一〇円で森永ミルクキャラメルを買う。これが僕の日課だった。

お腹が空くと家に帰り、祖母は僕が命じる形の小さなおにぎりを作った。まん丸、三角錐、サイコロ型、俵形などの塩むすびが僕は大好きだった。

小学一年生になってすぐの四月一〇日。父の店の経営は火の車のはずだが、まだ追い詰められる前、生まれて初めて母が僕の「誕生会」を開いてくれた。祖母は優しい笑顔で「まあ坊の一番好きな物をあげるからね」と言った。毎日一〇円もくれる祖母がいう「一番好きな物」とは一体どれほど素晴らしい物か想像するだけでドキドキするほどだったが、もうこの頃父は祖母にお小遣いを渡す余裕がなくなっていたのだということは大人になって気づいたことだ。

当日、小学校の同級生や町内の遊び友達を呼び、テーブルに並んだのは母が腕によりをかけたタコウィンナーやポテトサラダ、鶏の唐揚げにハンバーグ、卵焼きにショートケーキと、まさに子どもにとっては満漢全席のようだった。沢山の仲間に祝ってもらい、プレゼントが山と積まれたその日、期待した祖母からの「大好きな物」とは、果たしてテーブルの中央に山と積まれた様々な形の塩むすびであると知ったとき、僕は酷くがっかりした。こんなものいつでも食べられるじゃないかとふてくされ、なんと手も付けなかったのだ。

やがて子ども達は家の外で遊んだ。だが、僕は遊びを楽しめなかった。祖母の塩むすびに全く手を付けなかったことが頭から離れなかったからだ。

慌てて独り家に戻ると薄暗い台所に祖母の背中が見えた。出来るだけ陽気に「ただいまー」と叫び、祖母に近づいてみると、祖母は先ほどの塩むすびを茶碗にとり、茶漬けにして食べようというところだった。僕が大きな声で「ああ、お腹空いた、おにぎり食べよう」と言うと、祖母は困ったような、優しい笑顔で言った。

「よか、よか。あんたはお腹一杯だから食べなくていいとよ。気を遣わんでいいから。遊んでおいで。おにぎりはみーんなおばあちゃんが食べるからね」

僕は号泣しながら祖母に謝罪し、おにぎりを口一杯に頰張った。涙の味か塩の味か分からなかった。祖母の塩むすびは今でも僕の胸にある。

僕はちやほやされるとつけあがる性質で、人の痛みに気づかないことがあるのだ。そんなときテーブルの向こうに祖母が座るのが見える。にこやかに、優しく、そっと僕の増上慢を叱りに来るのだ。大人になっても僕が自分で自分の誕生会をやらない理由はこの塩むすびの思い出にある。

祖母がその手で結んだものは「愛」そのものであったと思う。孫の無礼さ、人としての思いやりのなさに対して、怒りをぶつけるではなく、厳しく戒めるでもなく、ただただ愛で抱きしめてくれるという叱り方が存在することを教えてくれたのも祖母であった。

祖母が亡くなって翌年から、母の猫の額ほどの庭いじりが始まり、季節の小さな花が咲いた。次の年の春、近くの川の畔《あぜ》に大輪の深紅の薔薇が一輪咲いていたのを弟と二人で根ごと引き抜き、そのまま母の花畑に植えてみたら、驚いたことにその花は根付き、毎年少しずつ花の数を増やした。

祖母が亡くなった後は、思い出したように母が祖母の塩むすびを作ってくれることがあった。「おばあちゃんみたいには上手に握られんばってん」と言いながら、妹相手に「三角」「四角」「まん丸」などと作ってくれたものだった。この頃は父が最も不遇な時期で、家は貧しかったが、母の明るい性質のお陰で少しも暗くなかった。

母の握ってくれる塩むすびは微かに桃の花の匂いがした。手肌が荒れて困っていた母が使っていたのが「桃の花」という安価なコールドクリームで、その名前のとおり桃の花の匂いがした。母の塩むすびに付いた桃の花の匂いが本当は嫌だったけれども、このことは一度も母に言えなかった。

この長屋暮らしは五年ほどで、長崎市郊外の新興住宅地に移住して、新しい一軒家での生活が始まった。父の最も不遇な時期のこの長屋での思い出は、何故か今もみずみずしい光を放ちながら僕の胸の内にある。

その後僕が歌手になり、ヒット曲が出たあと、FMラジオの「帰郷取材」で十数年ぶりにかつての長屋を訪ねてみた。母の狭い花畑に弟と植えた一輪の薔薇は長い間に巨木に生長し、数え切れないほどの深紅の大輪の薔薇が赤い光を放ちながら吹きこぼれるように揺れていた。

やがてその長屋も小さなアパートに建て変わり、あの薔薇の木も既に消えた。母も父もすでに亡く、時は驚くほど静かに、速やかに流れて行く。

時代はとうとう「令和」に入った。

ご縁がありまして

満・和秋・政美

高校時代に下宿で独り暮らしをしていたのは僕だけだったので、週末になると同級生が僕の部屋に遊びに来た。といっても喫煙飲酒をする者は居らず、狭い六畳間に当時流行《はや》りのコカコーラ「ホームサイズ」を持ち寄り、五人も六人もで喋ったり歌ったり笑ったりというものだったから、いわゆる非行とは無縁で、人の好い仲間にとっては、せいぜい、いっとき親の目から逃亡して「自由」の気配を嗅ぐことの出来る「隠れ家」のようなものだったろう。

大学生になった頃、高校三年の同級だった杉山満が何故か僕の部屋に泊まり込むようになり、あたかも同居人の如く、常に僕の部屋に住んだ。また、学校は違うが高校二年のときのアマチュアバンドで知り合った吉田政美もずっと僕の部屋に居たから、なんとなく六畳一間に男三人が暮らしていた。吉田政美を僕に紹介したのは吉田の中学の同級生で、僕とは高校二年の同級だった榎本和秋で、ドラム担当の和秋は年中部屋には現れたけれども住みつくようなことは無かった。

音大へ進まなかった詫びにと、両親に生活費の仕送りを辞退したのが応えて、僕らはいつも腹を空かしていた。杉山満の父親は一流企業の部長で、吉田政美の実家は東京都江戸川区小松川の町中華屋だったから家に帰れば食べ物に困ることは無かったのに、満も政美も腹が減ったと文句を言いながら何故か僕の部屋に居た。親とは余程顔を合わせたくないのだろうと思って放っていると、ときどきそれぞれ実家に帰っては、すぐに戻ってきてまた腹が減った、と文句を言う。

満も政美も、時折現れる和秋も、大学には行かず、僕が近くの食事処にアルバイトに行ったり大学へ行ったりしても、僕の部屋で一日中本を読んだり、ギターを弾いたりして気楽に過ごしていた。一八歳から一九歳にかけての一年ほどの間だから、将来への不安や夢が錯綜する季節の筈だったが、満も政美も和秋も、曖昧漠とした未来に毅然と立ち向かうではなく、かといって絶望するでもなく、耐えるでもなく、雌伏と呼べる程の気概も見せず、隘路《あいろ》迷路にあって飄然《ひょうぜん》と青春の空白期を流離《さすら》っていたのだ。それは僕も同じだった。音楽家を目指し、両親の期待を一身に背負い、中学一年で単身上京し、ヴァイオリン奏者を目指した筈が音楽高校の受験に失敗し、國學院高校三年のときには音楽の道からこぼれ落ち、お情けで大学に入れて貰い、どうにか学校に通いながらも心は目標を失って迷走していた。

満も政美も僕の苦しみを知ってか知らずか毎日腹が減ったを繰り返すので、やむなく所蔵していた大切な本を売り払って糊口《ここう》を凌《しの》いだ時期があった。その本の中には弟が仕送りしてくれたなけなしの五〇〇円札一枚を、いざというときの為に挟んでいたことをすっかり忘れて一五〇円で売ってしまったのもある。

この頃、僕は己の音楽への未練に苛立っていたこともあり、命の次に大切なヴァイオリンを食費の為に質に入れた。市川の亀田屋質店の店主は、「目が利かないので、どの質屋でも楽器は一律三〇〇〇円です」と静かに言った。「もっと高い楽器ですが」というと店主は「学生さん、流す気は無いのでしょう？　ならば安くお入れなさい」と優しく僕を諭した。成る程と納得したが、その後その三〇〇〇円すら作ることが出来ず「流さぬよう」ぐずぐずと半年近く毎月の利子だけを払い込む日を送ったものだ。一度期限を数日過ぎ、慌てて店に駆け込むと、店主は「そろそろ来ると思っていましたよ」と温かく笑ってくれた。

やがて吉田政美がプロのバンドに入る、と僕らに打ち明けた。キャバレー廻りのジャズバンドだったが、音楽で生きて行くと決めた政美には大事な最初のステップだったろう。満はすぐ政美に掛け合い、そのバンドにベーシストとして入ることになった。満のベースは吉田のギターに比べればずっとアマチュアだったが、それでも構わぬという辺りでバンドの質が知れた。

かくて二人は僕の部屋から去ったが、暫く経ったある日、不意に満が僕のヴァイオリンを抱えて現れた。

「おい三〇〇〇円、どうした?」

僕が尋ねると満はギターを弾く仕草をした。自分のギターと引き換えたらしい。言葉を探す僕へ、満は「何せ俺はもうプロだからよ」とニヤリと笑い「身代わり身代わり」と人差し指を揺らして颯爽と去り、僕のヴァイオリンは帰還した。今も弾いているのがそれだ。

翌年、大学二年の僕は相変わらず鬱々と不登校が増え、このままでは「人間が駄目になる」と発心し、朝から夕方まで住宅リフォームの仕事をし、夕方からは食事処の板場に立ったが、過労で肝臓を痛めたか黄疸が出て、結局尾羽打ち枯らして長崎に逃げ帰った。この直後、吉田政美がバンドを脱け出して長崎に逃げてきたのがきっかけで「グレープ」というデュオが生まれ、わずか一年後にはプロデビューし、さらに半年後には大ヒット曲が生まれた。

その頃、突如杉山満の消息が絶えた。

仲間に会う度に杉山満の話をしたが仲間の誰一人、満の消息を知らなかった。そのうち榎本和秋が僕に「満は喘息の発作で二六歳で千葉で死んだ」と告げた。確かに満は一九歳の頃、既にヘビースモーカーだった上、喘息持ちだったからその話には説得力があった。それでも俄に信じられなかったが、グレープを解散し、僕がソロになった後も満からは梨の礫《つぶて》だった。隠しごとさえない程の「親友」が永く音信不通となっては、満が死んだことを認めざるを得ないような気持ちになった。

歳月人を待たず、やがて和秋が五〇半ばを過ぎた頃に不意に肝臓がんで死んだ。僕は仲間を病で失う歳になっていた。

六〇歳を過ぎた頃、自伝的な小説を、と請われ、初めての新聞小説で長崎新聞に『ちゃんぽん食べたかっ！』(ＮＨＫ出版)を書いた折にも、「僕は信じないが」と念を押して満の死に触れた。それ以前にもあちこちで消息不明の満のことを話したり書いたりしたが、一切消息が聞かれなかったから、いよいよ僕は満を諦めることにした。

ところが去年の春、突然、杉山満の次女と名乗る人物から連絡が来た。それどころか「杉山満は生きています」と、満の携帯電話番号までが一緒にもたらされたのである。彼女の義母が僕の小説を読み、誤った情報に気づいてくれたという。

驚喜した僕がすぐに電話をすると満はあの頃と少しも変わらぬぶっきらぼうな調子で飄々と電話に出た。

「おう……元気か」

「ふざけんなよ馬鹿。てめえ、なぜ今まで連絡を寄越さねえ。水くせえにも程があるじゃねえか」と詰めると満は口ごもった後、いつもの調子で答えた。

「吉田にフケられて俺は酷く苦労させられたからグレープの頃は確かに吉田とは会いたくなかった。その後はお前……なんとなく敷居が高くなっちゃってね」

「会おう」と言うと、満は少し不機嫌そうに訊いた。

「俺が死んだなんて誰に聞いたんだよ」

「榎本だよ」

満は小さく笑った。

「ああ、あいつなら適当なこと言いそうだな。あいつ、元気か？」

「死んだ。肝臓がんだった」

満は驚愕して暫く言葉を呑んだ。

「あいつの方が……先かよ……」

それからすぐに約束をして、僕らは和秋の墓前で再会した。こうして杉山満は僕から失踪して四四年ぶりに生還したのである。

「呑もうか」というと満は笑った。

「酒も煙草もやめた」

健康そうな笑顔だった。

「ふざけんなよ」

僕は小さく呟いた。

キャンペーン・連れ込み旅館・バード会

歌手デビューして満四五年となった今年(二〇一八年)、レコード会社を移籍したこともあってスタッフが随分張り切ってくれたので、期待に応えようと久し振りに真面目にキャンペーンをやった。「キャンペーン」とは、様々なメディアを訪ねることで、改めて新譜を取り上げていただく、という「宣伝広報活動」のことだ。東京にとどまらず名古屋、大阪などでキャンペーンを行っていたら、デビューしたばかりの頃を思い出した。

フォーク・デュオ「グレープ」が「雪の朝」でレコードデビューしたのは昭和四八(一九七三)年の一〇月二五日。僕らに惚れ込んでくれたのは、当時ワーナー・パイオニア・レコードのアシスタントディレクターだった川又明博さんで、僕らをデビューさせるために、引き受けてくれる音楽事務所を探すのに数十社を訪ねてくれた。

お陰で僕らはフォークグループのレジェンド「赤い鳥」や当時人気絶頂の「ガロ」の事務所、ザ・バード・コーポレーションの渡辺広社長に拾われた。社長の人柄か、事務所に勤めている人達はみんな変な人達だった。「変」は勿論褒め言葉である。明るく飄々と、いい加減で雑だけれども仕事はちゃんとする昔気質の人達。

　初めての仕事はまだデビュー前の「'73大阪エレクトロニクスショー」という博覧会で、僕らは三菱館で「液晶」を宣伝しながら一日に三〇分のライブを五回ほど行う、そんな仕事だった。この現場は渡辺社長直々のマネジメントだったが、三日ほど現場に立ち会った後、正式にはまだアマチュアだった僕らへ「君たち見てたら心配ないね、大丈夫大丈夫」と言い残して社長は東京へ帰り、その後の三週間ほどは二人だけでの「仕事」で、毎日吉田の運転する彼の車で現場とホテルとを往復した。

　のんびりした時代だった。デビュー後の初キャンペーンは大阪。この担当が事務所の看板「赤い鳥」のマネージャーだった吉田勝宣さん、通称「かっちん」だったので、ああ、僕達は随分期待されているのだ、と思った。

　かっちんは仕事は出来るけれども冗談ばかり言う優しく奇妙な人で、社長の人柄による事務所カラーか、押さえるべきところは外さないが、かなり雑でいい加減な人だったから、キャンペーン先もかなり雑でいい加減だった。「南海電鉄線北野田駅前のサテライトスタジオ」へ出掛けたが、駅に降りてもラジオのサテライトらしき建物が無い。「きみら、ここで時間潰してろ、探してくる」と駅前のパチンコ屋に僕らを放り込んでどこかへ行ってしまった。

仕方が無いので吉田と二人で玉をはじいていると、かっちんが戻ってきて、「あった。このパチンコ屋の二階のスナックだって」と言った。こんなところで歌って、宣伝になるのかしら？と思いながらその晩僕らは酔客に囲まれて狭いスナックの隅っこでデビュー曲を歌い、なんとそれがそのままラジオ大阪で流れたのには驚いた。その翌日、ラジオ番組であるにもかかわらず僕らはミナミのグランドキャバレーの酔客の大騒ぎの中、センターステージで歌ったが、司会が有名な浜村淳さんだったのには「ラジオ大阪恐るべし」と呟くほか無かった。

二度目の大阪キャンペーンのとき、僕らの正式なマネージャーが決まった。新米の永嶋勇三郎、通称チョーさんは、いい加減さにおいては、かっちんを凌駕する人物であった。「今夜の宿泊は何処ですか」と尋ねると、平然と「大阪ステーションホテル」と応える。僕は旅好きで大阪へは何度も来ていたが、当時その名前のホテルは存在しない。そう言うとムキになったチョーさんは新大阪に着くなり電話を掛けに行って、意気揚々と戻ってきた。

「ちゃんとあったよ。おはつてんじんどおりって判る？」

「判ります」

「近くに小学校がある？」

「そねざき小学校があります」

「その塀に沿って路地を入った右側だ」

僕は思わず吹き出した。曽根崎のお初天神通りそのものがさほど広くない商店街で、小学校の近くはホテルが建つような場所では無いからだ。

初日のキャンペーンを終え、タクシーをお初天神通りで下りた途端、チョーさんの顔が曇った。小学校の路地入り口には手書きの看板で「大阪ステーションホテルこちら」と指さす絵まで添えてあった。細い道を三人揃って入って行くと、右手に現れたのは平屋建てのいわゆる「連れ込み旅館」であったがチョーさんは「ほらあった」と平然と入って行く。

まさか、と思っていると僕らも呼び入れられ、部屋のキイを渡された。与えられたのは六畳ほどの部屋で、大きくて丸いベッドが一つ据えてあった。吉田が面白がってその辺のスイッチを触っていると突然ミラーボールが回り出してピンクのライトで吉田が水玉に輝いたのでとうとう二人で大笑いになった。しかし、いくら売れていないとは言え、流石《さすが》にこの部屋に二人は酷いだろう、とチョーさんに抗議をすると、彼は「それもそうだな」と部屋を出て行った。贅沢なホテルに泊まりたいとは思わないが、普通のホテルに泊まることになるだろうと思って待って居ると、戻ってきたチョーさんが満面の笑顔で言った。

「おい。もう一部屋取れたぞ！」

二人とも膝から崩れ落ちたが、大阪のキャンペーンはこの宿で過ごした。

大阪や名古屋といった大都市でのキャンペーンは立派なサテライトスタジオが多かったが、地方都市へ行くと商店街の一角やスーパーの店先などへの出張が多く、ラジオの生中継が終わるとその近くのテントで「サイン即売会」が行われた。売れていない新人歌手のレコードを買おうという人はあまり居らず、僕らは目の前に積まれた色紙を見つめながらときどき手を振ってくれるだけの人に愛想を振りまくばかりだったので、僕らは秘かにこの即売会を「鈴ヶ森」とか「小塚っ原」と呼んだ。晒し首の心境だった。それでも僕らはこういったキャンペーンが楽しかった。

地方には素晴らしい人々が居た。岩手放送の北口さんというディレクターが売れてもいない僕らに振る舞ってくれた「わんこそば」の温もりは今でも忘れられない。北口さんは若くして亡くなられたが、僕はいまでも岩手放送のファンだ。長崎放送は特別な存在だったが、北陸放送の金森さん、東北放送の新妻さん、中国放送の村田さん、札幌ＳＴＶの北川さんなど、当時は地方放送局に名物ディレクターが居て、売れない歌手を応援してくれたものだった。

名物ディレクターも生まれにくい時代になって、キャンペーンの「楽しさ」は少しずつ消えて行く。ただ「宣伝をしに行く」のではなく、あの町のあの人に会いに行く、ということが「楽しみ」な時代だった。

時代は変わり、ザ・バード・コーポレーションも渡辺社長が高齢になられて第一線を退かれ、数年前に事務所を閉めたが、かっちんとは今も一緒に仕事をするし、チョーさんともやりとりがある。

それでようやく今年、仲間が集まり、渡辺社長を招待して念願の「バード会」をやった。今ではそれぞれ別々に仕事をしているかっちんも、チョーさんも、ときどき助っ人に来てくれた阿部さんも現れ、渡辺社長を囲んで酒を酌み交わし、昔話に花を咲かせた。

当時様々に行ったレコード・キャンペーンの思い出は今でもみんなの胸に強烈に残っており、爆笑の内に「あのときは酷い目に遭った」「アレは騙されたんだ」「いや誠に済まなかった」などと大いに盛り上がった。

良い時代だった。

極光・時差呆け・二刀流

歌手としてソロ活動を開始する前から、僕には、憧れのジミー・ハスケル氏と共に音楽作りがしたいという強い夢があった。

ジミー・ハスケル氏は、ボビー・ジェントリーの「ビリー・ジョーの唄」、サイモンとガーファンクルの「明日に架ける橋」、そしてシカゴの「イフ・ユー・リーブ・ミー・ナウ」と三度もグラミー賞の編曲賞を獲得した、アメリカを代表する音楽家の一人。彼の音楽作品の中で最も僕の胸が震えたのはサイモンとガーファンクルのアルバム『ブックエンド』の中の名曲「オールド・フレンズ」の編曲だった。人の心の不安や寂しさや孤独感を、ダイナミクス(強弱)とグルーヴ(揺らぎ)という音楽の神髄を駆使し、鮮やかに音盤に刻み込んだその編曲の音楽力は感動であり驚異だった。

遠い島国の、アメリカでは全く無名の音楽家如きが、巨匠ジミー・ハスケル氏と一緒に仕事が出来るとは思ってもいなかったが、それが実現したのが一九七七年春のことで、ハリウッドでコーディネーターとして成功していた阿岸明子さんの尽力によるものだった。この年と翌年、僕はジミーさんと組んで『風見鶏』『私花集』という二枚のアルバムを作った。

毎朝、宿泊先のビバリー・ヒルトンからハリウッドのオフィスに出掛けて打ち合わせた後、スタジオに向かう。そのハリウッド大通りに面した明子さんのデスクにはいつも小さな額に入った美しいオーロラの写真が飾られていた。僕は最初からその写真に惹かれていた。

「明子さん、その写真良いね」僕は毎朝会う度に明子さんにそう言った。

少し歳の離れた姉のような、人の好い明子さんのことだから三度言えばその写真が貰える気がしたが、三日目に断られた。「ごめんなさいね。その写真は訳があって今はあげられないの。いつかきっとあげるから待っててね」と。

数年後、明子さんから「阿岸充穂」という写真家の『大地の詩』という作品集が送られてきた。当時、世界でも数少ない「オーロラ写真家」だった阿岸充穂は明子さんのご主人であった。

北海道大学で同窓だった二人が恋をし、「写真家になる」という彼の夢を実現する為に二人でアメリカへ渡った。貧しい中で結婚をしたので、不安だらけだったが、二人はひたすら生きた。充穂は初めアラスカの自然に惹かれ、やがてオーロラに惹かれ、数々の美しい写真を撮りはじめた。

オーロラ撮影は一瞬を争う。オーロラが出現すればできるだけ早く飛行機で空へ舞い上がりたいのだ。

しかし、ある日魔が差したか、離陸を待つ飛行機内に居た充穂は、重い荷物を抱えて滑走路を歩いてくる助手を手伝おうと飛行機から飛び出し、プロペラに巻き込まれるという事故で亡くなった。

「そそっかしくて、慌てん坊だったからね……。莫迦でしょう」明子さんはそう言って笑った。切ない笑顔だった。僕は後に二人のことを「極光《オーロラ》」という歌にした。

余談だが実は、この阿岸充穂の極光写真に惹かれてアラスカに渡ったのが僕の大好きな星野道夫さんである。星野さんはカムチャツカで事故に遭って早逝されたが、その星野道夫さんに憧れたのが写真家の松本紀生さんだ。こうして今でも阿岸充穂から星野道夫を経て「極光の襷《たすき》」はずっと繋がっているのである。

充穂の死後、明子さんは二人の子どもを育てながら必死に働き、ハリウッドでプロデューサー、コーディネーターとして成功した。僕のアルバム制作以来、明子さんと僕とは親類のようなお付き合いをするようになったのだが、彼女が六〇歳の節目を迎える頃に相談を受けた。「私は「フルブライト留学制度」のお陰でアメリカに渡り、こうしてどうやら人生を無事に送ることが出来た、その恩返しをする歳になったと思う」と言う。

日本では「日本人の英語教師」が増えることで英語が普及した、だから自分は「アメリカ人の日本語教師」を増やし、日本への留学生を送り出すための基金を作り、日米友好の役に立ちたい、と。僕は大賛成し、彼女はその基金を「オーロラ基金」と名付けた。

基金を立ち上げた最初の年に僕はロサンゼルスでベネフィット・コンサートを行ってその門出を祝し、以後毎年僕の親しい音楽家がベネフィット・コンサートを行って支援してくれ、五年、一〇年毎の節目には僕が歌いに出掛けてきた。そして、これまでに七〇名近い留学生を日本に送ってきたオーロラ基金がとうとう二〇一八年に創設二〇周年を迎え、このお祝いに、僕はロサンゼルスまで歌いに出掛けたのだ。日本国内のスケジュールが過密なのでこのロサンゼルスツアーは四泊六日という恐るべき弾丸ツアーとなったが、明子さんとの友情の為に張り切った。

一〇月二五日午後、現地到着後すぐに記者会見を行い、翌二六日には敬老ホームで慰問コンサート、夜にはベネフィット・ディナーでもコンサートを行う。二七日には僕が原作小説を書いた映画『サクラサク』の上映会が開かれ、そこで舞台挨拶をしたあと午後はフリーになったのでユニバーサル・スタジオ前のモールまで出掛け、土産用に大谷翔平選手のユニフォームやグッズを大量に買い込んでホテルに戻った。この日ドジャー・スタジアムで行われたMLBワールドシリーズ第四戦のチケットは、手に入らなかった。

二八日に行った五年ぶりのロサンゼルス・コンサートは、最後に観客全員が立ち上がって「スタンディング・オベーション」を贈られる程の大成功に感激。観客の拍手はステージに上がる者のエネルギーだと改めて思う。

だが僕にはホッとする間もなく、翌二九日に現地を発ち、三〇日に日本に着いておかねばならない理由があった。帰国した翌日の三一日だけお休みで、一一月一日には愛媛県松山市でコンサートを予定していたからだ。

ロサンゼルスで飛行機に乗ったまでは誠に順調だったが、なんとこの飛行機の出発直前になって主翼の補助翼に亀裂が見つかったのだ。当然この便はキャンセルとなり、日本行きの他の飛行機が全て満席だったため、僕らは空港近くのホテルに泊められることになった。

「おいおい帰国した翌日に松山で歌うのかい」と、これはもう笑うしかない。だが、僕は転んでもただでは起きない宿命なのか、それとも余程運が良いのか、実に奇跡的偶然だが、機内の僕の一つ後ろの座席に座って居られた女性がなんと、大谷翔平選手の母上であった。

同じホテルで空しく翌日の便を待つ、という共通の境遇だったことから意気投合し、航空会社スタッフと僕の仲間と大谷君の母上とで、その晩はホテルのレストランの片隅で大いに盛り上がった。

誠に人の縁とは不思議なものだ。

大谷翔平君が何故沢山の仲間に愛されるのか、母上と出会って腑に落ちた。母上もアスリート。元バドミントン選手で、明るくて爽やかな人だった。「全日本の二回戦ですぐ陣内(貴美子)さんに負けるクラスだった」と笑顔で謙遜した。翔平君は末っ子らしい甘え上手の明るく「不思議な子ども」だったそうだ。

そう「不思議」は世界を変える。僕は彼の熱烈なファンになった。誠に「不思議」で貴重な一日だった。

かくして僕は一〇月三一日の夕刻に帰国するを得た。流石に飛行機の中で爆睡したせいか、今回は「時差呆け」に襲われる隙はなかった。だからコンサートも誠に快調だったのに、帰ったら原稿の〆切が沢山待っていたから、夜寝ないで必死に原稿を書いた。そうしたら「時差呆け」になった。「一人時間差攻撃」とでも言おうか。

修二会・青衣・輝さん

奈良では「お水取り」が終われば春が来る、と言われる。正式には「十一面悔過《じゅういちめんけか》」という「行」で、かつて旧暦二月に行われたことから「修二会《しゅにえ》」と呼ばれるが、現在は三月一日から一四日の間に行われている。「水取り」そのものは「若狭井《わかさい》」と呼ばれる井戸から湧き出た「お香水《こうずい》」を汲み上げる儀式のこと。

「水取り」は三月一二日の深更、年に一度しか行われないが、人々はこれを象徴的な儀式と感じ修二会を「お水取り」と呼ぶようになったようだ。この「水取り」の儀式を、基督教《キリスト》の穢れ祓いに用いる水を「成聖」する儀式に重ねる人もある。

「十一面悔過」とは、我々が日常で犯す過ちを、二月堂本尊である十一面観音に懺《さん》悔《げ》する、という意味で、天平勝宝四(七五二)年に実忠和尚《じっちゅうかしょう》によって創始されたと伝えられる。「不退の行法」と呼ばれ、大伽藍《だいがらん》が火災によって二度消失した際ですら――先の戦時中でさえも――修二会は一度も絶えることなく続けられてきた。今年(二〇一九年)で一二六八回目になる。

一九八〇年の秋、東大寺大仏殿昭和大修理落慶法要の際に大仏殿でコンサートを奉納し、その後も服部克久先生と一緒に奈良市内の体育館で「修二会コンサート」を行ったことなどから、今日までずっと深いご縁をいただくようになり、二〇一〇年には「光明皇后一二五〇年御遠忌」に、実に三〇年ぶりに再び大仏殿でコンサートを奉納した。昨二〇一八年九月末にも陸前高田で行われた東大寺・鶴岡八幡宮合同慰霊祭で「歌の奉納」を行ったばかり。

こういうご縁もあり、これまで幾度も修二会への参籠《さんろう》をお許しいただいた。参籠と言っても我々一般人は夕刻の「行」の始まる頃合いに二月堂内に座り込み、練行衆《れんぎょうしゅう》(その年の修行を勤める一一人の僧)の勤める「行」を未明まで「観ている」だけなのであるが、これが実に楽しくて凄まじい。兜率天《とそつてん》の一日は人間界の四〇〇年にあたるそうで、これに追いつこうという「走りの行法」はまさに古神道や密教にも通ずる荒行だ。練行衆の「行」は人の目に直接触れぬよう「帳《とばり》」の中で行われるから、二月堂内に居ても見えるのは蠟燭《ろうそく》が浮かび上がらせる練行衆の影だけだ。

木沓《きぐつ》を履いて、また足袋はだしになって駆け巡る音の緊張。「南無観自在菩薩」を繰り返す声明《しょうみょう》が次第にクレッシェンドし、やがて激しく「ナンカン・ナンカン」と怒《ど》濤《とう》のような叫び声に変化すれば、その迫力と熱にこちらまでが沸騰する。

幾度も参籠していると、やがてこの「行」は偶然か意図的にかは解らないけれども、「人に観られる」という側面を持っていることに気づく。舞踊、音楽、芝居といったエンターテインメントにとって重要な「舞台装置、音、配役」に加え「強弱」や「緩急」つまり「ダイナミクスとグルーヴ」を活かす工夫が幾つもなされている。更にそこに修行という「必死さ」の発散するエネルギーが加わるから、観る者を惹きつけて放さない。結果観ている者にさえ「魂の浄化」を感じさせ「感動」を呼ぶという「演出の醍醐味」の全てが含まれているようだ。

時折「帳」が引き絞られ開かれると、「走り行」の中から飛び出してきた僧が、突然二月堂全体が呻《うな》り軋《きし》むほど大きな音を立て、五体板と呼ばれる板の上に身体を投げつける「五体投地」を行う。これはイスラム教やチベット仏教など多くの宗教にも見られる神仏への祈りの型だ。

一二日深夜「水取り」直後に行われるのが「達陀《だったん》」と呼ばれる不思議な「行」で、一抱え以上の大きな松明《たいまつ》を持つ「火天」と洒水器を持った「水天」が奇妙な所作で「行法」を行う。おそらくこれは人々の業を火で焼き祓い、水で清めるという意味ではないかと言う人もあるが修二会では最も迫力と謎に満ちた「行」で、最後には咒師《しゅし》の合図で「火天」は手に抱えた大きな松明をなんと国宝二月堂内に叩きつけるのである。うっかりすれば最前列に座る人の膝が焦げるほどに焔《ほのお》が飛び散るのだ。拝火教の影響と見る人もある。

修二会はおよそ一三〇〇年ほど昔のこの国に渡来、或いは存在したありとあらゆる信仰、古神道、修験道、密教、仏教、拝火教、基督教などの入り交じる、まさに、混沌とした宗教の、祈りの坩堝《るつぼ》なのだ。

そしてこの「エンターテインメント」には更に秘密が用意されている。「青衣《しょうえ》の女《にょ》人《にん》」はその一つだろう。

三月五日と一二日の夜だけ、聖武天皇以来の東大寺ゆかりの人々の名前を読み上げる「過去帳読誦」が行われるが、鎌倉時代のある夜、集慶《じゅうけい》という僧が「過去帳」を読み上げていると、ふと青い衣（当時のとある女官の制服という説もある）の女性が目の前にゆらり、と現れたというのだ。その女性に「どうして私の名前を読み落としたのか？」と問われ、咄嗟《とっさ》に見たままの姿「青衣の女人」と呟くと満足したかのように消えてしまったという。

以後、過去帳には記されて居らずとも源頼朝公から一八人目には声を潜めて「青衣の女人」と秘かに呟く習わしになったが、現在ではちゃんと過去帳に「青衣の女人」は記されている。これを幽霊妖怪の類いの怪談と面白がる人もあるが。

「若い頃に行で過去帳を読んでいますとね、局(外の回廊)に参籠して居られる女性の香がふと香ってくるときがあるんです。未熟ですし、厳しい修行ですし、半分朦朧《もうろう》としたような情けないときがありましてね。そういうときに、ふと集慶が、夢か現《うつつ》か解らない中で女性の姿を見たという気持ちが分かる気がするんですよ」

東大寺の北河原長老がかつてそう仰ったことを思い出す。厳しい「行」でありながら、なんとも切ない人間味に溢れているのだ。「東大寺に大仏様がいらっしゃるお陰で私たち東大寺の僧は生計の悩みから解き放たれ修二会もその一つですが、修行だけに一心不乱に集中できます。有り難いことです。だから僧でいられるのです」とも。

毎年選抜される練行衆一一人は既に二月半ばから「行」に入る。他の人の穢れに触れぬようまず使用する「火」を別ける。「別火《べっか》」という、火打ち石で熾した「聖火」だけを利用して暮らす、これはまさに神道に同じ。

本行に入ると二月堂の北にある「登廊」と呼ばれる石段の下の「食堂《じきどう》」「参籠宿所」で寝起きをするが、この細長い建物も重要文化財だ。

毎夕、練行衆の上堂のとき、世話人である童子《どうじ》達の焚く道明かり「上堂の松明」に導かれるように練行衆は参籠宿所から出てすぐの登廊の石段を登って行く。

準備のために、毎日一人が先に上堂している為、普段は毎夕一〇本の松明が上がるが一二日だけは準備後一旦下堂するのでこの日だけ一一本の松明が上がる。

この日の松明が最も大きな「籠松明」で、重さは一本七〇キロにも及ぶ。

テレビのニュースなどで毎年放映される二月堂の舞台の上で振り回される松明がこの「籠松明」である。

宗教的な意味は無いけれど、象徴としての「籠松明」は修二会の顔だ。この「籠松明」を担ぎ上げるのは世話人の童子の最も華々しい「お役」で、数年前に引退された男の中の男、「輝さん」と親しまれ、誰にも尊敬され、愛された名童子、野村輝男さんの清く強く美しく凜《りん》とした姿は今でも僕の目に焼き付いている。

さてこの「お松明」には面白い話があるのだが、紙面が尽きた。続きは次回だ。

震災・松明・赤ランプ

「音楽家は無力です！」世界的指揮者、佐渡裕さんが電話の向こうで嗚咽《おえつ》した。二〇一一年春、東日本大震災のとき、我々音楽家は「己の無力さ」を嘆いたものだ。「音楽なんてこんなときに何の役にも立たない」と悲しく叫ぶ仲間もあった。殊に放射能災害の影が強く、絶望感に満ちていたあの年の春、僕がようやく石巻の現場に入ることが出来たのは五月一日、「鶴瓶の家族に乾杯」の緊急ロケに同行出来たからだった。

狭い路地に自動車と漁船が重なり合って横たわっていた。

広い給油所の奥に民家が三軒押し込められて潰れていた。

一個の生物として慄然とする程の匂いと惨状に声を失う。

絶望感に満ちた人々の、それでもどうにか今を生き抜こうという緊張感に胸を打たれ、僕は必死に自分を励ました。

石巻の曹洞宗寺院、洞源院は家族を失い、家を失い、財産を失った人々が肩を寄せ合って暮らす避難所となっていた。音楽など何の役にも立たないことは覚悟していたが、スタッフに励まされてギターを抱いて歌った。「がんばれがんばれ」と、大合唱が起きたときには胸が詰まった。帰途、僕は笑福亭鶴瓶に心からの感謝を告げた。

「音楽にも出来ることがある」

それは被災者の人々の笑顔から教わったことだ。音楽にはほんの僅か、人の心を揺らすくらいの働きはあるのかもしれない。全く動かなかった心が微かにでも動くことで、躰が動くようになる。躰が動けば働けるようになる。働けば疲れるから夜寝られるようになり、寝られれば元気が湧いてくるというわけだ。

翌月から僕は休みの日に東北へ出掛けて、岩手、宮城、福島の避難所を廻った。六月はじめ、大船渡、陸前高田の避難所を経て気仙沼に入った。「家族に乾杯」の主題歌「Birthday」を作ったのは気仙沼だったので、この歌を早く里帰りさせたかったからだ。

ただ、気仙沼市民会館は避難所になっており、市内には歌う場所がなかった。船で二〇分ほどかけて渡った先の、大島の小学校に六〇〇人ほどの被災者の方々が集まり、一緒に歌ってくれた。

あの大津波を乗り越え、無事生き抜いた後、気仙沼と大島間を唯一の足として無料で往復し、人々を支えた船「ひまわり」の菅原進さんとも仲良しになった。帰り道「さだまさしが大島に歌いに来た」と聞いた地元の人達が、「ひまわり」号に乗った僕を気仙沼港で迎えてくれていた。その人達に、来年は町中で歌ってくれ、と依頼されたのが毎年気仙沼に歌いに行くきっかけになった。

こうしてご縁は繋がって行くのだが、さて震災から三年目の春のこと。

奈良市奈良町で和菓子屋「樫舎《かしや》」を営む親友の喜多誠一郎くんと被災地訪問の話をしているうち、ふと彼が思いついて修二会のお松明の話になった。樫舎は小さな店だが春日大社、東大寺、薬師寺などの菓子御用を務める。店主の喜多くんは寺社のその他の御用も承る、言わば町の著名人の一人。彼は「修二会に復興祈願のお松明を奉納しましょう」と言った。「東大寺様、手向山《たむけやま》八幡宮(東大寺全面守護)様にご相談をし、奉納したお松明を御用後に被災地に運び、みなさんに元気を出して貰いましょう」と。

早速当時の東大寺別当、北河原公敬師にご相談申し上げたところ、松明が東大寺の外に出された例はこれまでにないけれども、実は自分も同じことを考えていた、と快諾して下さり、手向山八幡宮の上司延禮宮司も賛同して下さったので、ただちに喜多くんが名高い童子の野村輝男さんに相談したところ、強く共感してくれ、体力的な限界から、既に勇退を決めつつあった「男の中の男、テルさん」が「よし、その松明は僕が上げよう」と力強く我々の背中を押してくれたのだった。

三月一〇日のコンサートの日の朝までに気仙沼に届けることを逆算して、テルさんは僕の奉納した松明を上げる日を三月八日に決めた。僕は当日の夕刻、修二会の練行衆の参籠宿所へ伺って参籠見舞いをした後、登廊下で大松明が上がる瞬間を待った。

練行衆と共にテルさんの肩に乗った奉納松明がゆっくり二月堂へ上がってゆく。胸の奥にこみ上げるものがある。お松明が二月堂の舞台でクルクルと廻り、やがて颯爽と火の粉を振りまきながら駆け抜けて行くと、見物衆から大きなどよめきが起きた。

「テルさんの松明は違いますね。迫力が違う。格好良いです。品があります」

僕の隣で喜多くんが感動のため息をつきながらそう言った。和菓子屋の喜多くんが「松明」を運ぶのは勿論初めてだったが、事情を説明するとレンタカー会社も冬タイヤのトラックを格安で手配してくれ、喜多くんはその日のうちに松明を積んで改めて、一三メートルの長さに驚いたという。

そうして翌九日午後に奈良を発ち、気仙沼を目指して夜を徹して走った。

するとその日の晩、福島県内の高速道路上でパトカーに停止を命じられた。

「あなたは車体をはみ出すような長いものを積む場合の規則を知っていますか？」と聞かれたので、「はい、ちゃんと一番後ろに赤い布を結んでありますけれども」と胸を張って答えた。すると警察官から「高速道路上では布では駄目だ、殊に夜は危険なので赤いランプを点《つ》けるよう義務づけられている」と叱られた。「第一、一体その荷物は何で、何の目的で何処へ行こうとしているのか」と聞かれた、まさに職務質問だ。成る程、高速道路上をやたらに長い燃え残った竹を一本だけ積んで走るレンタカーのトラックは、確かに怪しい上、道路交通法違反となれば処分はやむを得ないだろう。

「少し時間を頂戴しますが……」喜多くんはそう念押しをして事情をすっかり話し、しかじかの事情で奈良を発ち、夜を徹して気仙沼を目指していること、明日行われるコンサートの会場に朝までには辿り着き、開演までにはロビーに飾りつけたい旨を告げた。するとその警察官は強く共感してくれたらしく、「よし、わかった。では僕の赤ランプをこの竹の先に付けてあげるから気をつけて行ってください」と励まされ、処分もされなかった。

喜多くんはすっかり感激し、「ありがとうございます、帰りにきっとお返しに上がりますから」と言うと、「返しに来られるとかえって面倒だから来ないでよろしい。そのランプは私物だから君に差し上げる」と念を押された。こうして温かい人の温もりに護られ、お松明は無事に会場に辿り着いた。

「おまわりさんの善意です。良き心の連鎖は繋がるのです」

翌日気仙沼の会場で再会すると、喜多くんは目を潤ませて熱く僕にそう告げた。

この国は災害の多い国だ。それ以後も熊本の大地震をはじめ自然災害は残念ながら毎年起きる。

東日本大震災で「歌う勇気」を頂戴した僕は、災害が起きた後、勇気を持って被災地に出掛けられるようになった。その町の人々に望まれれば、復興祈願の松明を奉納し、現地まで届けさせていただくと、とても喜んで下さる。

東大寺修二会は十一面観音に己の罪を告解し、世界平和を願うという行だ。その行の練行衆の足下明かりとして使われた「お松明」に宗教的な意味は無いけれども、一二六〇年以上も続いてきたこの行と、その行に深く関わり、練行衆を見守り、支えてきた歴史ある「松明」は、災害に疲れ果てた人々の心をも照らしてくれる力を持つ存在となったようだ。

僕が奉納した復興祈願の「東大寺のお松明」はその後もいくつかの被災地へ運ばれ、その町を照らしてきた。

こうして「おまわりさんの赤いランプ」は、今も喜多くんのトラックの最後尾に点《とも》り続けているわけなのである。

大仏・林檎・天主堂

時刻は午前〇時になっていた。

僕を含めたスタッフ全員が東大寺大仏殿中門に集合して待機していた。昼間激しく降った雨が夕方には上がり、深夜になると歯が鳴る程寒い夜になった。

漆黒の闇に堂内の蠟燭の灯りだけで浮かび上がった大仏殿を仰いではっとした。一年に数度しか開かれない観相窓《かんそうまど》が開かれ、薄明かりの中に盧舎那仏《るしゃなぶつ》の笑みが見える。

「きっとあなたのためにわざわざ開けてくださったんですよ」

隣で保山耕一さんが感動したように白い息を吐いて囁いた。東大寺様からの余りある厚いご配慮だ。

保山さんは奈良在住の映像作家。彼と僕を引き合わせて下さったのは、春日大社の先の権宮司《ごんぐうじ》でいらした僕の尊敬する岡本彰夫先生だった。

「さ、独りで行ってください」

保山さんの声に背中を押されて僕は大仏殿に向かって歩き出した。

とんでもないことになってしまったぞ、と僕は闇の中、八角灯籠の脇を通りながら考えていた。

始まりは去年の秋だった。

僕は今年(二〇一九年)の五月一五日に発売する新しいアルバムを、これまで六〇〇曲近く作ってきた自分の歌の中から自分で選んで「今の声」で歌い直す「セルフカヴァー・アルバム」にすることを決めた。

同時にこのとき「歌の帰郷」を実現したいと思った。

たとえば「まほろば」を歌った舞台は春日大社であり、「修二会」はもちろん東大寺二月堂だ。これらの歌を春日大社、東大寺に「奉納」することで音楽の世界で四五年も現役で頑張らせていただいたことへのご恩と感謝を捧げたいと思ったのだ。

もちろん勝手に奉納演奏をすることは出来ないので、早速春日大社様、東大寺様にご許可を願い出ると、これまでのご縁もあり、すぐにご許可をいただくことが出来た。しかもレコード会社のリクエスト、「奉納の模様を録音・録画して、新作アルバムに映像作品DVDとして付属する」とのご許可までいただいたのだ。

ただ僕には春日大社本殿の御前や、東大寺盧舎那仏の御前で歌を奉納するということが最も大切なことで、これを記録することにより「奉納演奏」が単なるミュージックビデオとなることは絶対に避けたかった。そこで僕はこれまで命懸けで神社仏閣と向かい合って撮影を続けてこられた保山さんに相談をしたのだ。

保山耕一さんは、かつては一流のテレビカメラマンとして数々の番組に関わり、日本中を歩いた。しかしあるとき突如、余命数カ月という「がん」を宣告され、手術によって最悪の状況を脱したけれども、それでも五年後生存率五％と言われた。最前線のテレビカメラマンの職を諦めざるを得なかったが、今度は自分の生きがいとして大好きな奈良を撮影することにした。

そうして手術後、既に六年の歳月、奈良の美しい風景を映像作家として、まさに命懸けで撮り続けている人なのだ。奉納演奏を録音録画することの意味と、その恐れ多さを理解する保山さんだからこそ相談できたことだった。

「これはあり得ないご許可です。これはあなたが春日大社、東大寺に、今まで行ってきたことへのご縁とご褒美です。あなただからこそご許可をいただけたのですから、撮影は是非とも成功させましょう」と言った保山さんの答えはとてもシンプルだった。

「まず最初に、参拝者の目に届かず、誰にも聞こえず、誰も居ない場所であなたが神様、仏様と二人っきりで向かい合って、心からの奉納を一曲捧げてください。録音録画はその後のことです」

保山さんの希望で大仏殿での奉納は深夜になったのだ。

おそるおそる大仏殿の扉を開けた。扉の開く大きく長い音がした。中に入ると保山さんが用意してくれた四本の和蠟燭の光だけが盧舎那仏を照らしている。

僕はたった独りで盧舎那仏に向かい、拝礼の後「償い」という歌を心を込めて奉納した。大仏様の優しいまなざしを忘れない。

その後、スタッフが大仏殿内に戻り、改めて「奉納演奏」を録音録画した。これが初日である。大仏殿を出ると、南の空高くシリウスが輝いていた。

帰り道、僕は保山さんに、明日の春日大社での奉納は保山さんご自身が撮ってくださいね、とお願いをした。自分の体力の不安もあって保山さんは少し迷っていたが、深く頷いてくれた。

翌日はいよいよ春日大社での奉納。当日深夜、お祓いを受けた後、昨夜と同じに、スタッフ全員が春日大社南門の外に集合した。晴天の放射冷却で、昨夜以上に寒い。遠くで救急車の音が鳴り響く緊張の時間があったが、やがて凍《い》てつくような寒さとともに御蓋山《みかさやま》の静寂に抱かれる。

深夜一時になればもちろん一般の参拝者は誰も立ち入ることは出来ない。

「さ、行ってください」

保山さんの言葉に背中を押される。

本殿前の御白石《おしらいし》の敷き詰められた「林檎の庭」は神楽《かぐら》や舞楽《ぶがく》が奉納される場所で、その名のとおり林檎の木が一本立つ。僕はこの神聖な場所でこれまでに数度奉納演奏を行っているが、自分でお願いをしたのはこれが初めてだ。

漆黒の闇の中、一人きりゆっくりと林檎の庭に近づいて行くと、遠く朱色の本殿の真上の天空に龍がごとくに北斗七星が立ち昇るように見える。そっと振り返ると澄んだ南の空にシリウスと、オリオン座のベテルギウスが輝いていた。

林檎の庭には保山さんのアイデアで和蠟燭の行灯《あんどん》が正方形に四張り、あたかも結界を切るように据えてある。僕はその中央に入り本殿に拝礼をしたあと、息を整えてからギター一本で「生生流転」を奉納した。

保山さんの案で、この歌は本殿で花山院宮司だけが聞いてくださっていた。神様との仲立ちとして宮司様に証人になっていただこうというのだ。

神様に聞いていただこうとは思っていない。自分勝手に神様に歌を捧げるだけなのだ、という僕の思いを保山さんは理解してくれている。

その後、もう一度歌い、白い息を吐き出し、荒い息をつきながら保山さんは渾身の映像を撮ってくれた。翌日、保山さんはご自身のブログにこう書いた。

「私が生存率五％の中で生かされていた理由はこの夜の撮影のためだったと、はっきり分かりました。この撮影にはあえて最新のカメラを使わずに性能の悪いカメラを使いました。高画質、高感度のカメラを使いませんでした。ですからＩＳＯをかなり上げているので映像は荒いです。でも、その荒さがこの状況に合っているのです。感度が悪いので暗い部分は闇として表現できます。常々、高感度、高解像度と美は関係がないと主張してきたことを証明する映像となりました。映像は最先端だけが答えではありません。暗い、荒い、ピンぼけ、そんなことも立派な表現の手段なのです」

保山さんの思いを是非ご覧いただきたい。

「歌が始まった途端に神殿で不意に風が吹いたのでびっくりしました」

後で花山院宮司が真顔で仰った。「神様も聴いておられたと思いますよ」と。

この歌以外に二月堂の舞台で「修二会」を、春日大社境内の飛火野《とびひの》で「まほろば」を奉納、映像収録し、二〇年ぶりのセルフカヴァー・アルバム『新自分風土記Ⅱ――まほろば篇』に付録する。同時に発売される『望郷篇』では浦上天主堂で「精霊流し」など三曲を収録したＤＶＤを付録する。

僕の大好きなギタリスト荘村清志さんのギター一本で「風に立つライオン」を、そして大好きなジャズピアニスト小曽根真さんのピアノ一本で「防人《さきもり》の詩」を、それぞれのアルバムに収録している。

落語・武道館・返歌

東京、神保町にある神田古書センターの五階に「らくごカフェ」という小さな寄席がある。平日の昼間に行ってみると普通のカフェだが、夕刻、或いは土曜、日曜、祝日になると「寄席」に変わる。満席でも五〇席だが立派な寄席だ。

オーナーの青木伸広は母校、國學院高校「落語研究会」の後輩の一人。実は、我が母校國學院高校の「落語研究会」(残念ながら現在の部員はゼロで休眠状況に追い込まれているようだが)は東京の高校落研の中でも有数の由緒正しい伝統と歴史がある。

僕の七年先輩の落語家、故・橘家《たちばなや》二三蔵《ふみぞう》師が、母校落研会長だった一九六〇年代に、上野の鈴本演芸場を借りて高校生としては初の「落語会」を実現した。僕が高校三年のときの学祭にわざわざ指導に来て下さった二三蔵(当時は二つ目の桂楽之助)師にそそのかされ、この年(一九七〇年)鈴本演芸場を借りて「落語会」をやったら、「え？　高校生が落語会？」と、朝日新聞東京版に載った。

その名門落研出身者で作る「語院居の会」(落語の語、國學院の院、それに隠居の居の三文字を当てたもので命名もどうやら青木らしい）というのがあり、今も年に二、三度集まっては例会と称した「呑み会」をやる程仲が良い。長い間、母校の落研顧問だった恩師、故・安本衛先生の呼びかけで歴代の仲の良い元部員たちが声を掛け合い、総勢三十数名のこの会を作り、僕が会長になったが、青木はこの会の世話人代表という存在だ。

さて今から一〇年ほど前、突如その青木が「寄席の席亭になります」と言った。

「よせ、よせ」と仲間たちが止めたのはお約束。

まずは一年もつまいと思っていたが当人には何か自信があったようで、「先輩、多分駄目でしょうけど万が一、一〇年もっちゃったらご褒美を下さい」と言う。ああ、何でもやるよ、と答えたものだが、そのらくごカフェが二〇一八年、一〇周年を迎えてしまった。「一〇年もっちゃった」のである。

青木の本職はフリーライター、特に落語が得意分野だったことで彼には落語界に強い人脈があったし、幸運にも折からの「落語ブーム」にも助けられたと思われる。二〇一九年現在、八〇〇人を超える落語家がいて、その数は江戸時代以来という人もあるが、前代未聞と言った方が良いだろう。

だが東京の落語界には「真打ち制度」という大変な制度がある。まず落語家になろうと発心し、好きな落語家への弟子入りを果たすと「前座見習い」で、やがて「前座」になって師匠の世話ばかりか、寄席の楽屋の小間使いなどを四年勤めて、ようやく羽織袴の着用が許され、落語家と名乗ることの出来る「二つ目」に出世するが、更にそれから一〇年程かけてやっと「真打ち」になる。つまり高校卒業と同時に弟子入りしても、真打ちになるのは三〇歳過ぎだし、大学卒ならうっかりすれば四〇歳近くになってしまう、厳しい道のりだ。

それでも落語家を目指す情熱には胸を打たれるが、この「二つ目」が難しい。師匠というお目付を失い、自由だが生活も全部自分でしなければならないという環境のお陰で焦り、悩み、自分を見失って駄目になる噺家《はなしか》は案外多いのだ。

一方、二つ目になった「やる気のある」若い落語家にとって、修行でもあり生活の為にもなる「勉強会」や「独演会」を行うのは大切なこと。それを支えるのが小さな寄席の存在だ。

らくごカフェの席料は二万円。仮に入場料を一〇〇〇円取れれば二〇人のお客で元が取れ、三〇人なら本人の手元には一万円が入る。どうあれ僅かでも実入りになれば貧しい噺家には誠に有り難いし、お客が来てくれる喜び、もっとお客を呼びたいという明確な励みにもなる。そういう沢山の若い落語家に愛され、支えられて一〇年もったのだろう。

昨二〇一八年夏にその青木が真面目な顔をして現れて、「先輩、いよいよらくごカフェが来春一〇周年を迎えます。それで、武道館で落語会をやろうと思って、もう予約しましたので先輩、一〇年もったご褒美をお願いします」と言う。

「武道館で落語会」は他人事としては面白いが、満席で五〇席というらくごカフェが武道館で会をやるのは大冒険。落語を演る場所としては、大画面があれば大丈夫だと経験値から推測できるが、さてお客様が来て下さるかという不安。

青木が学生時代から立川志の輔師、談春師とはお近づきで、この二人にさだまさしを加えた三人会をやりたい、と言い出したのである。指名された三人で集まってみると、流石に志の輔師が頭を抱えた。

「さださん。青木の奴、気は確かですか？　武道館ですよ？　落語ですよ？　そりゃ、さださんは武道館慣れてらっしゃるでしょうが、私たちは無理です」「いや僕だって落語なんかできないですよ」「いえいえ、先輩は落語じゃなくて歌です」「さださんが歌ったあとで落語なんて出来ないよ」「そうそうさだまさしは最後ね」「え？　落語会のトリを歌手がやるのはおかしいでしょ」「いやいや、そうでなきゃ落語はできないですよ」と喧喧諤諤《けんけんがくがく》。それに、もしも第一部に若手落語家が出るのなら、前座扱いで噺もさせずに、後で自分たちだけ落語を演るというのは同じ落語家として申し訳ない、という志の輔師の言葉が一同の胸に染みて、改めて構成をし直すことになった。

　結果、第一部はらくごカフェの常連「らくごカフェに火曜会」の若手落語家たちが集まってワイワイ盛り上げたあと、最後に若手代表として春風亭一之輔師が一席「堀之内(粗忽者《そこつ》の滑稽噺)」を演る。第二部は僕がギター一本でのライブ。第三部に談春師が「紺屋高尾《こうやたかお》(命懸けの純愛の噺)」を演った後、僕が「返歌」として「いのちの理由」を歌う。第四部に志の輔師が「八五郎出世(妹の結婚の噺)」を演った後、僕が「親父の一番長い日」を歌ってお開き、と決まったのはなんと当日の三日前だった。

　武道館での落語は二〇年程前に春風亭小朝師が独演会を演っただけだ。その独演会をかつて客席で聞いていたという一之輔師の一番の不安は、実際自分が演るとなると、言葉がお客にきちんと聞き取れるのだろうか、という一点。そこは僕のコンサートスタッフがちゃんとやるから大丈夫、何しろ僕のコンサートはトークが聞き取れないと駄目だから、と言うと大爆笑の後に納得。実際に一之輔師のリハ中に僕がアリーナ席、一階席、二階席と全部聞き歩いてどんな早口でも聞き取れることを確認。

　遠い客席のお客様のために舞台の上手と下手に大画面を用意して、映すのは正面から固定の映像のみで、とお願い。ときどき落語中継で三台ほどのカメラで右から、左からと切り返すことがあるが、本来落語は正面映像だけであるべき。志の輔師の希望で画面の下限は座布団一杯、上限は伸び上がって両手を広げた空間まで、などと画角を決めた。

平成三一(二〇一九)年二月二五日。平成最後の武道館落語会。

平日の午後四時開演という時間設定にもかかわらず、あっという間に八〇〇〇席が完売しただけあって、熱気に溢れ、想像を遥かに超える盛り上がりだった。結局、公演時間は予定よりも一時間長い五時間という長丁場だったが、反響はとても大きかった。

殊に落語通という人々が大いに驚いた。画面があるお陰で表情も伝わり、喋りも完全に聞き取れ、お客の反応もずれたりせず、武道館でもちゃんと落語が楽しめるじゃないか、と。当代を代表する落語家の一之輔師、志の輔師、談春師が感嘆の声を揃えた。

「武道館で落語会、ありですねえ」

「僕は自信ありましたけどね」

そう言って胸を張った青木の夢は、きちんとした落語の直後にちゃんと理由の分かるアンサーソングをさだまさしに歌わせることだったそうだ。その夢がまさか武道館で実現するとは思わなかったとそっと涙ぐんだ。

歌手の僕が言うのも妙だが、良い落語会だった。

時の翼にのって

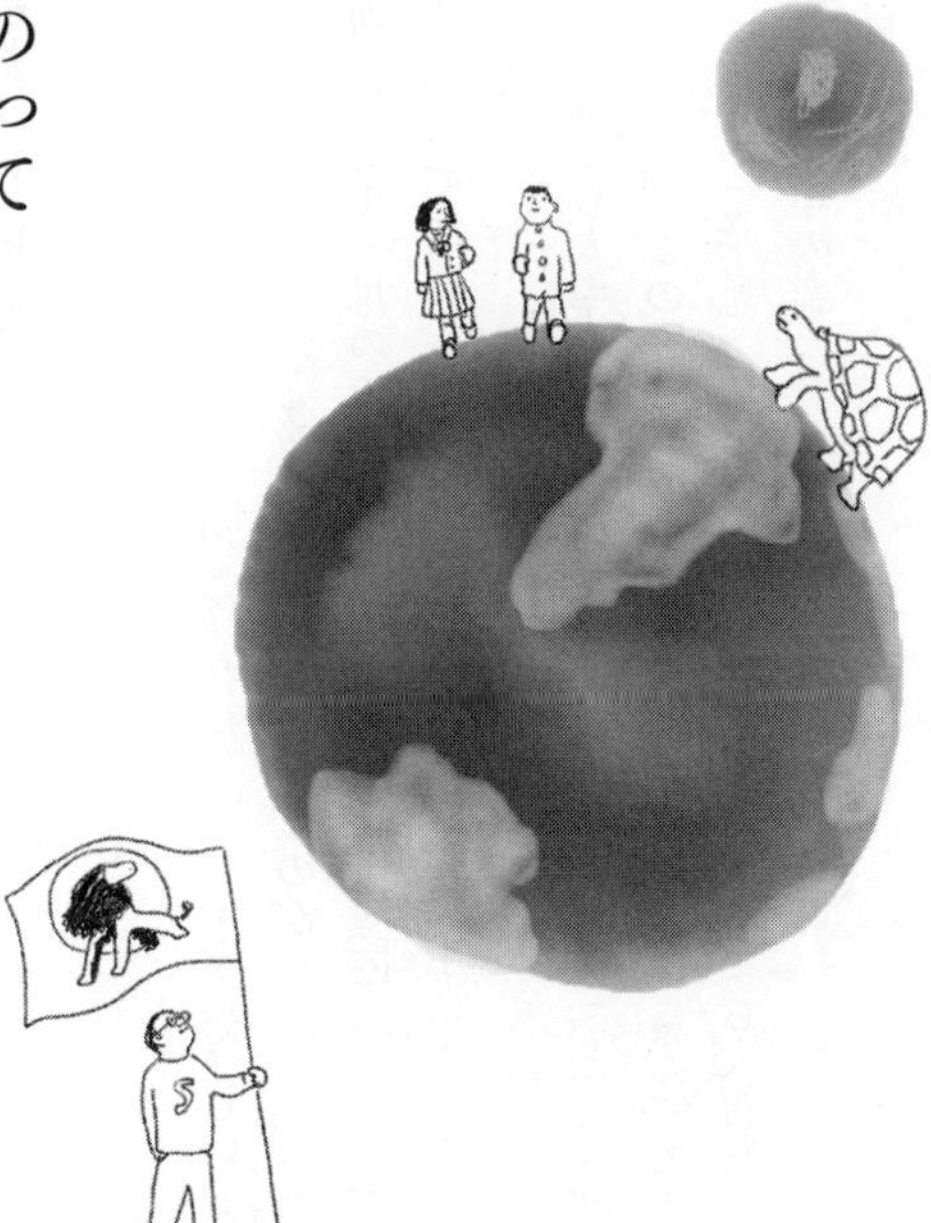

飛梅・詩島・伊能忠敬

「春な忘れそ」の「な〜そ」を中学の頃「係り結び」と学んだ怪しい記憶があったので、高校生になって「禁止」だと教わって面食らったのが菅公の「飛梅《とびうめ》伝説」の歌だが、その「飛梅」は毎年一月の末になると太宰府天満宮境内六〇〇〇本のどの梅よりも一番先に咲く。「すぐに春が来るよ」と、あたかも受験生にエールを送り励ますように咲くのだ。

この花に惹かれ、幾度も太宰府天満宮に参拝するうち「飛梅」という歌を書いたのは一九七七年の春だった。この歌を当時の西高辻信貞宮司が気に入って下さり、それがご縁で僕の一つ年下のご子息、現宮司の信良さんと、たちまち大親友になった。

さてその歌を書いた翌年の春のこと。

「おい、島を買わんか」

アマチュア時代からの恩人の一人で、放送局を退いた後、関連会社の社長になっていた人が豪快にそう言った。何でも長崎市内に住む大地主が、思うところあって東京に移住すると決め、所有地を全て処分したが、最後まで迷ったのがその美しい島だったのだそうだ。

「君になら売るというから買え。坪一万円で二〇〇〇坪だから二〇〇〇万だ。なに、その値段じゃ東京じゃマンション一つ買えんだろう。むしろ安い買い物だぞ」

当時はレコードが売れ、思いがけず巨額の印税が入って思い上がっていたのと、少年時代から『十五少年漂流記』や『ロビンソン・クルーソー』に憧れていた僕は夢の「無人島」を「買います」と即答した。

大村湾の中の島々は多良岳の噴火で出来た、或いは空から降った星だなどという伝説があるが、長崎空港のある箕島《みしま》から西に向かって二島《ふたしま》（斉藤郷）、黒島《くろしま》（浦郷）、寺島《てらしま》と、四島が一直線に並んでいる。空港から北へ向かって飛び立つときに左窓外の海に並ぶ三つ目の小島が寺島だ。

大村湾の縁、長崎市内の静かな海に浮かぶその小島は瓢箪を縦割りにして横に浮かべたような、文字通りの「瓢箪島」で、西側に標高八メートルほどの小さな丘があり、東側にはそれより広い標高一四メートルほどの高さの丘があった。最初、腰まで海に浸かって上陸してみたらそこは花の島で、僕の父が大層喜んだ。

「おい、ここはヤマモモの島だ。これだけでも大変な価値がある。夏にはこの実を食べに鳥が一杯来るぞ」

毎年春に赤い花を咲かせるヤマモモが初夏、たわわに赤い実をつけると、明け方、何処からかメジロ数百羽が現れてその実を一斉についばむようになった。父は元材木商だけにその島の沢山の木を喜んだ。

「松も大きくて健康だ。桜も方々にある。楓《かえで》も沢山あるからこれで躑躅《つつじ》をあちこちに植えたら季節ごとに楽しめる」

それからこう言った。

「気がついたか、この辺りは真珠が取れる海だ。海を汚さぬよう最高の浄化槽を設置することから始めよう」

当時、最上級の浄化設備はそれだけで島の倍以上もする値段だったけれども、真珠の海には代えられないと思ってそこまでは納得したが、それから父の暴走が始まったのである。

「海の上の建物は丈夫な木でなければ」と、わざわざフィンランドから島の値段以上のログハウスを取り寄せて西の丘の上に設置し「母屋」とした。それから多くの植栽は勿論のこと、西の丘と東の丘との間の僅かな土地にバンガローを三棟建て、管理棟まで作った。もはや「無人島」どころか一大リゾート島になってしまったのだが、目が回るほどお金も要って「稼ぐを追い越す貧乏」があるのだと父に教わった。

父は元来お金に無頓着で、僕は少年の頃から我が家の家計にはハラハラさせられてきたが、このようにたとえ息子が稼いだお金であろうとも、そこにお金が有れば有るだけ使うような人物であった。母は「可哀想に、あんたが頑張っとるとにお父さんが好き勝手して」と渋い顔をして「お父さんのお金じゃ無かとに」といつも僕に同情した。僕は僕でそういうことには余り頓着しない質だったので、お金など無くなるまでしか遣えまいと暢気に構えていた。

そんなあるとき、かつて寺島の東の丘の上には建物があって近在の隠れ切支丹の人々の集会場だったらしいという言い伝えを知り、東の丘の上が更地だった理由が腑に落ちた気がした。お上の目を憚ってこの建物を「寺」と呼び、この島を「寺島」と呼んだ、とも。そのような海の聖地ならば、この島に守り神を勧請すべき、と直ぐに脳裏に浮かんだのは太宰府天満宮だった。

当時権宮司職の西高辻信良さんに相談をすると一も二も無く喜んで畏れ多くも御分霊くださることになり、これを機会に「寺島」の「寺」に「言偏」を加えて島の名前を「詩島《うたじま》」と呼ぶことにして（一九九五年に正式に海図も「詩島」とされた）「詩島天満宮」を勧請し、一九八〇年八月一一日の夜に「遷座祭」を行った。

この晩のことは今も忘れない。

西の丘の南端、二本並んだ松の木の奥に御旅所を設け「御霊」は、当日朝に太宰府天満宮宮司、権宮司ほか幾人もの神官に護られ、無事に結界の内に鎮まる。夕刻「母屋」の中で父と弟と共に装束に着替えてお祓いを受けるが、八月一一日の長崎は蒸し暑く、準備の最中ずっと汗が噴きこぼれて困った。すっかり日が沈んだ午後八時過ぎ、僕は祭主の信良権宮司に従い、絹のマスクと手袋を付けて結界の内に入る。島中の全ての人工的な灯りが一斉に消され「御霊」には松明だけを頼りに御旅所から東の丘の上の神社までお遷りいただく。

神官達の警蹕《けいひつ》の声に導かれて御旅所の結界を開き、僕は信良氏の抱えるご神体と共に國學院高校時代の恩師と後輩達が務める「絹垣」に囲まれて驚いた。祭主の後ろを、慣れない沓で歩くだけでも骨が折れるのに、何故か「絹垣」の中がひどく涼しく感じたのだ。やがて歯が鳴るほどの寒さを感じた。決して緊張しているせいではない。「絹垣」の中は八月一一日の長崎とは思えぬほど確かに寒かったのである。そして味わったことの無い程の清浄な空気が際限なく肺の中に入ってきて、目を閉じれば肺が大きく膨らんで自分の身体を包み込むような気持ちがした。自分でも何が起きているのかを正常に認識できず、ふと見上げた空に、噴きこぼれるような「天の川」が見えた。

元々オカルティズムや神懸かったことに猜疑心の強い僕の心の中で、それまで「概念」に過ぎなかった筈の神が突然「実在」した瞬間であったろう。二〇分ほど、漆黒の闇の中を、松明の灯りだけを頼りに寒さに震えながら歩く。お宮に辿り着くと、ご神体は祭主の手で直ちにお社にお鎮まりいただく。

そして「絹垣」が開いた瞬間に体中の汗が一気に噴き出したのに吃驚した。

誠に不思議な不思議な体験だった。

その後、僕は中国へ行って映画を撮ったときに大借金をしたので、それから三七年の間、ほとんど手を入れられなかった為この島の建物はすっかり老朽化したが、ありがたいことに島の一番高い丘の上の吹きさらしに建って居るにもかかわらず、長崎大水害という豪雨災害も毎年襲い来る台風も乗り越えて詩島天満宮だけは全く、僅かな瑕疵《かし》も無かった。借金返済が出来た安心感もあり、冒険をするなら最後のチャンスだとも思い一大決心をして、昨二〇一七年、詩島全体のリフォームを決行し、関係各氏のご尽力で素晴らしい島として蘇ったのだが、そのときに思いもよらない知らせがもたらされた。

伊能忠敬《いのうただたか》が自ら踏破して作った「日本地図」にこの島が載っているというのだ。

調べてみると、島は脇崎村の海の上に確かに描かれており、伊能忠敬の文字で「寺島」と記されていた。実際に伊能忠敬が上陸したかどうかは定かでは無いのだけれども、実は今、僕は我が詩島の船着き場辺りに「伊能忠敬上陸地」という石碑を建てようかと目論んでいるところなのである。

雲仙・さくら・花月

諫早駅を出るとすぐ右手に大村湾の海が開け、車内は一気に潮の香りで満ちる。喜々津《ききつ》、大草駅を過ぎ、海沿いから汽車は西に進路をとり、小さな川に沿って坂を登り始めるあたり、伊木力《いきりき》の里は夏は濃い緑、冬場は名物の蜜柑色に染められていた、そんな頃のこと。やがて急勾配ゆえにスイッチバック式にした本川内《ほんかわち》駅近くの長い隧《ずい》道《どう》を抜けることになるのだが、これが故郷への最終最大の難関だった。

上り坂の隧道を駆け登る蒸気機関車の吐き出す必死の煤煙はたちまち車内に充満して乗客の眼と呼吸器を襲った。隧道を抜けた後、汽車が一時停車すると、乗客は一斉に窓を開けて咳き込みながら新しい空気で肺を洗う。眼の奥がゴロゴロして涙が出るが「決して手でこすってはいけない」と大人達から教わった。

咳と涙がようやく治まる長与駅を過ぎ、道ノ尾駅から下り坂に入るとすぐに若竹町の丘の上に実家の青い屋根が見えた。八千代町のガスタンクの脇を抜けるときには車内にはガスの匂いが漂ったし、長崎駅に辿り着けば駅の近くに魚市場があったからすぐに魚の匂いがした。窓が開いた昔の客車内は「沢山の匂い」に満ちていたのだ。

中学一年の春からヴァイオリン修行の為に単身上京して下宿生活を送っていた僕の帰郷の記憶は、鉄路の音と客車の匂いと蒸気機関車の煤煙による咳と涙だった。特急列車や新幹線を使うなど、故郷へ帰る手立ては他にもあったが、時間は掛かるが何より安く故郷を手に入れられたのは直通急行列車の二等車だった。

朝一〇時三〇分に東京駅一四番ホームを出た「急行・雲仙」は二三時間五七分をかけて東海道本線、山陽本線、鹿児島本線、長崎本線を走り抜き、ようやく翌朝一〇時二七分に、長崎駅の長い一番ホームにへたりこむ。朝、東京駅を出た急行雲仙が京都駅に辿り着くのはほとんど夜で、中学二年生になると、京都駅で汽車を降りて待合室で一夜を過ごし、翌日バスを使って一人勝手な京都観光をし、夜に駅に戻って、その晩また東京から来る雲仙に飛び乗ることで「帰郷」が「旅」に変化することを知った。

高校生になると駅近くの旅館に素泊まりをするような生意気も覚えたが、京都の人はことのほか「旅する少年」に親切だった。

やがて少しばかりお金が自由になると「寝台列車」というものに乗りたくなる。何しろ急行の二等車は直角座席で、座ったまま眠るのは得意ではあったけれどもそこはそれ、やはり横になって寝ながらの移動を夢見る訳である。それで新大阪―長崎を結んでいた「寝台特急・あかつき」と「新幹線・ひかり」を使って行き来してみたが、時間は短縮出来ても気持ちは落ち着かなかった。やがて「あかつき」が格下げされ、一九八〇年に廃止となっていた我が「雲仙」の臨時急行として復活したが新大阪—長崎間の運行に変わり(一九九〇年)、平成六(一九九四)年には静かに廃止されてしまった。

そうして僕が、長崎っ子の誇りだった「寝台特急・さくら」に手が届いたのは実に高校時代のことだ。片側に通路がある二等寝台車(B寝台)は、三人ずつ向かい合う形の一ボックス六人掛けで、夜八時を過ぎると車掌が来て上・中・下段の寝台をしつらえて夜具を整え、窓側に昇降用の梯子を開いた。時代のせいか、同じボックスの六人はすぐに打ち解け、下段に腰掛けたまま酒好きは酒を酌み交わし、話し好きは少し声を落として話をした。それでも夜遅くなるとそれぞれ与えられた、決して広くない寝台に潜り込んだ。

当時、ペットボトルは存在せず、瀬戸物に入ったお茶か、持参する水筒以外に飲み物は手に入らなかったのだが、「さくら」には洗面所に冷たい飲料水が用意されており、折り畳んで重ねてある紙コップを引き出し、広げて飲むことができた。これは画期的なことだった。

仕事をするようになると九州ツアーには主に飛行機が用意されたが、僕は長崎っ子の誇りだった「さくら」を使った。僕は「さくら」のA寝台下段席の贅沢さが大好きだった。大きな窓を独占出来る上に、進行方向へ向かって足が伸ばせるので揺れも気にならず眠りやすかったし、ナイトキャップにウィスキーの小瓶を抱えて夜の窓の外を眺めて少しも飽きなかった。

その「さくら」も利用客の減少から一時は名古屋—長崎間での運行を検討されながら、どうにか東京—長崎間の直通特急として頑張っていたが、とうとう平成一七(二〇〇五)年の三月一日で廃止と決まった。このとき、小学校時代からの親友山口保と平山裕一、それに中学一年で東京に出てすぐ出会った親友、安西範康を誘い「さくら」にさよなら乗車をした。雲仙の最終列車に乗ることが出来なかったことへの償いの気持ちもあった。

奇跡的にB寝台席が手に入って驚いたのは、一ボックスの六人掛けが四人掛けになって「中段」が消えていた。乗車券代は一万四九一〇円、特急料金が三一五〇円、寝台料金六三〇〇円で、一人あたり計二万四三六〇円。七号車一、二番の、向かい合う上下段の四人席だった。

平成一七年二月二三日一八時三分東京発、二四日一三時五分長崎着「さくら」に乗る僕らのために車中での酒を「餞別」に抱えて仲間達が見送りに来た。結果、我々が持ち込んだ酒類は缶ビール一ケース、ワイン三本、日本酒一升、ブランデー、ウィスキーに焼酎という凄まじいものであったが、驚くべきことに二三時過ぎにはほとんど消え失せてしまったのだから我ながら驚く。挙げ句、〇時前には僕らの話し声が喧しく、車掌にたしなめられる始末。そういえば満席の車両なのに、七号車の乗客達は皆とても静かだった。

「俺たちは子どもの頃からいつもうるさいって叱られてきたよな」と恥じ入りながら吹き出し、車掌に誘われて談話用車両(サロン・カー)に移った。そういう車両があることも知らない程、長くこの列車を使わなかった訳だ。

やがてほどけるように眠りにつくとすぐに朝が来て「さくら」は九州に入る。昔から夜行列車の乗客の声は九州に入った途端に大きくなったものだ。この日も関門トンネルをくぐった途端に車内は一気に活気づき、「〜ばい」「〜たい」とあちこちから大声が響いてきて九州弁が車内標準となる。

折尾駅の名物だった東筑軒の「かしわめし」を小倉駅で購うが、昨夜の酒が祟った保には重すぎたようだ。次に長崎本線との分岐になる鳥栖《とす》駅の、一七分という長い停車の間に名物の「かしわうどん」をいただく。これは保も旨そうに食べる。

博多を出てから長崎に辿り着くまでの間に三本のL特急に追い越される我らが「さ

くら」に安西が憤る。

「なんで特急が特急に追い越されちゃうんだよ」

「だから廃止なのだ」

「東京から走って来てんだぞ」

「それ関係ないから」

保はにべもない。

昼を過ぎ、ついに諫早駅を過ぎるが、特急列車はもう大村湾沿いを走らない。新線が出来て、海はほとんど見えない。伊木力も通らず、本川内のトンネルも通らず、無論煤煙で咳き込みもしない。長い隧道を過ぎればすぐに浦上駅なので、我が家の青い屋根も見えない。夜行列車はこうして永遠の向こうに走り去って消えてゆくのだ。

ふと保が「今夜は丸山の「花月」に上がって一杯やろう」と言う。「まだ飲むのかよ」安西が言うのへ、平山が「凄えな」と吹き出した。僕は慌てて携帯電話を取り出し料亭花月のおかっつぁまに電話を入れる。

「さくら」は一分も遅れず、定刻どおりに颯爽と長崎駅に辿り着いた。

僕らは小声でさよなら、と言った。

バナナ・ダーウィン・パナマ帽

ノースセイモア島の砂浜で寝そべっているアシカの群れの向こう、透明な青空を見上げて遠い日本を思っていた。自分がガラパゴスに居ることが少し信じられなかった。昨日、キト市から飛行機でバルトラ島の空港に着き、フェリーでサンタクルス島に渡り、そのままバスで移動してまずゾウガメに会ったのだった。

「ガラパゴ」はスペイン語で「鞍《くら》」。ゾウガメを鞍に見立てたところからこの島の名前が付けられたそうだ。

一度も陸地と繫がったことが無い島を「海洋島」と呼ぶが、日本の小笠原諸島やハワイ諸島がそうだ。そういう理由で小笠原とガラパゴスには友好関係があるそうで、高校生同士の交流の一環として今年(二〇一八年)三月にガラパゴスの高校生達が小笠原を訪ね、この八月に小笠原の高校生達がガラパゴスを訪ねた。

三月一八日、引率のチャールズ・ダーウィン研究所長のアルトゥーロ・イスリエタさんと高校生らが小笠原からの帰路、レコーディング作業中だった僕の元を訪ねてくれた。そのときに「是非ガラパゴスへ来て歌ってほしい」と言われたのだが、当然、社交辞令だと思っていた。今年は日本とエクアドルの国交関係樹立一〇〇周年。それを祝ってエクアドルの首都キト市では様々のイベントが予定され、その為になんと僕が呼ばれた。きっかけは一通の葉書だった。

エクアドルで四〇年以上に亘ってバナナ農園を営んできた田邊正裕さんは広島県福山市の出身。三年前、その福山市からのNHKのテレビ番組「今夜も生でさだまさし」(通称・生さだ)生放送の折に「いつも楽しみに観ている」という田邊さんからの葉書が寄せられた。「生さだ」は世界中で観られるテレビ番組の一つなのだ。

田辺農園のバナナといえば、「美味しい」と評判になり、今や成城石井やローソンの店頭でも手に入る。この葉書をきっかけに番組で幾度もやりとりをしていたら、その田邊さんが「国交関係樹立一〇〇周年記念イベント」の実行委員長になった。それで是非ともとキト市からの「生さだ」、そして「さだまさしコンサート」の実現へと話が進んだのだ。

「生さだ」の生中継は簡単ではなかったが、エクアドル国営放送の全面協力で無事に全世界に届けることが出来た。これらは民間だけで動く話ではない。外務省、エクアドル政府、また駐エクアドル野田仁大使などのご尽力によって実現した。

国交関係を樹立した一〇〇年前、実は野口英世博士がエクアドルに来ている。このとき、エクアドルで撮った写真がお気に入りだったそうで、その写真が今の千円札になった。ガーナでの実績が有名だが、野口博士の黄熱病の研究は、実はエクアドルで始められたものだと聞いた。

東京からヒューストンでのトランジットを入れて二六時間。南米はとても遠い。だが着陸直前のキト市の夜景の美しさに言葉を失った。霧の多い町なのだろう、オレンジ色の街灯の立ち並ぶ道路がナスカの地上絵さながら、四方八方に広がっていた。深夜一時に辿り着いたのに、ホテルに野田大使自らお出迎え下さり、僕の部屋には酸素ボンベまで用意してあった。キト市は標高二八五〇メートル。北アルプス常念岳の山頂に大都市が拡がっているイメージだ。急に動けば息切れがするし、正直歌っていても酸素不足を感じた。軽い高山病の様相を呈したスタッフもあり、酸素はとてもありがたい。

キト市の旧市街地は世界文化遺産。七つの教会や聖堂の建つスペイン時代の町並みは美しく、石畳の急な坂道にふと故郷長崎を想う。

キト市観光協会から記念に頂戴した帽子はエクアドル原産だが、パナマで売られて有名になったので「パナマ帽」と呼ばれるようになったという。キト市で行われた

「日本祭り」は二日間に数万人のキト市民が集まる大盛況で、番組もコンサートも大成功だった。

翌日僕らは田辺農園へ行って従業員五〇〇人のためのコンサートをやった。美しい、美しい農園だった。食堂で青いものから完熟まで、様々なバナナを味わう楽しさ、心づくしに振る舞われた美味しいお肉、陽気な観客に恵まれた最高のライブになった。

そして翌日、キト空港から二時間と少しのフライトで、一〇〇〇キロ離れた太平洋上に浮かぶガラパゴスに辿り着いた。世界遺産から世界遺産へのフライト。

赤道直下ながらフンボルト海流という寒流の真ん中にあるので日中一八度から二四度という涼しさに驚く。海辺のホテルにチェックインしてすぐにチャールズ・ダーウィン研究所へ行くと、イスリエタ所長が待ち受けてくれていた。生物保護活動や高校生を中心に行う環境保全への取り組み、一方、近海で違法なサメ漁をする外国船への怒りなど。温かで穏やかだが情熱家の彼。

絶滅した最後のピンタゾウガメ、伝説の「ロンサム・ジョージ」は六年前に死んでしまい、現在はダーウィン研究所に剥製になって保存されている。「ロンサム・ジョージは幾つまで生きたんですか？」と僕が聞くと所長、「それが、生前、誰も彼に尋ねなかったから判らないのです」これには一同大笑いだ。

およそ一五〇～二〇〇年は生きるとのこと、今食べた草を消化するのに三週間ほどかかるが、その代わりに一年ほど何も食べなくても生きられるということ。

勿論大切なのはゾウガメだけではない。それぞれの島のイグアナやペンギン、また独特の生態を持つ鳥や魚類の保護。人間が奪ったものをどう自然に帰すかはまことに難しい、と語る。自分が自然から奪ったもの、それをどうにか帰そうとする矛盾。このいたちごっこは永遠に消えないもののようだ。

夜店が建ち並ぶサンタクルス島のメインストリートは治安も良く、人々ものんびりとしていて、丁度三〇年ほど前のマウイ島、ラハイナの海辺を思い出す。そんな夕刻、小学校の体育館に人々が集まってくる。

町のあちこちに僕のポスター。ダーウィン研究所、所長の肝いりで、勿論日本人で初めてのコンサート。

わざわざキト市から野田大使も足を運んで下さり、小学校にはいつの間にか数百人の人々が集まった。ギター一本だが、パーカッションの「キムチ」こと木村誠が一緒だった。彼はキトから帰国せず、僕と一緒にガラパゴスにやってきたのだ。

「何か手伝わせてよ」と彼は町の文化課からカホンとコンガを借り受けた。

「カラオケ使えますよ」と音響の中川が笑顔で言う。

「では、最後の曲は「風に立つライオン」だな」

日本人は田邊さんと野田大使だけ。日本語は通じないが心で歌うと決める。

コンサートはリズミックな曲も混ぜたからか、かなり熱が上がっている。エンディングの「アメージンググレース」のハミングに、後ろの方でダンスを始めたカップルがあった。楽しそうに踊っている。

僕の唄が世界を超えてゆく。歌い終えたら一斉に観客が立ち上がってスタンディング・オベーションになる。最前列で田邊さんや野田大使やイスリエタさんが嬉しそうに拍手をしている。あちこちで口笛が響いている。

胸が熱くなった。ガラパゴスで歌うとは思わなかったな。

デビューして四五年。確かに遠くまで歌いに来たが、さて、僕は少しは進化したのでしょうか。

ダーウィン先生にそっと尋ねてみる。

「お疲れ様」

ライトビールの栓を捻る。

幽霊・UFO・存在理由

何故夏になると「怪談」が流行るのかわからないけれども、故郷長崎にも、夏になると思い出す「飴屋の幽霊」または「産女《うぐめ》の幽霊」と呼ばれる怪談がある。

昔、麴屋《こうじや》町の飴屋に、夜更けに飴を一文だけ買いに来る女があった。飴屋は「この夜更けに？」と怪しんだけれども、訳がありそうなので同情して飴を売った。その女が七日目の夜、お金はないが、どうか飴を恵んでくれと頼む。人の好い飴屋は黙って飴を渡した。この晩、飴屋がそっと後をつけると、女は寺町、光源寺の墓場に消えた。さては幽霊だったかと怖ろしくなって逃げ帰った飴屋が、翌日住職と共に墓へ行ってみると、赤ん坊の泣き声が聞こえた。ふと見ると、母の遺骸の脇で飴屋の飴をしゃぶっている赤ん坊が見つかった。

身ごもったまま亡くなった女性を悼《いた》んでか、こういう話は日本中にある。良く出来た話で、死者へは「三途の川の渡し賃」として六文を握らせるが、七日目にはお金も尽きて物乞いとなる。

長崎市寺町の光源寺にはその女の夫という宮大工が自ら作って納めたとされる幽霊の像が残っていて、毎年八月一六日の夜、一般に公開される。寺町の隣町に住んでいた少年時代、友達に誘われ、この幽霊像拝観に出掛け、怖さに震えた思い出がある。長崎では人の好い飴屋の「良い話」という趣で語られる幽霊譚にもかかわらず、その狐顔の女の像はライトアップのせいか、何故かいかにも怖ろしげだった。ただ、この話には続きがある。

赤ん坊が見つかった後、夜更けにその女が飴屋に現れ、礼をしたいと言う。「長崎は水利が悪いので良い井戸が欲しい」と言うと、女は自分の櫛《くし》の落ちている場所を掘れ、と言って消えた。後日飴屋がそこを掘ってみると、美しい水が湧き出て、以後長崎がどんなに渇水のときも一度も涸れなかった。

その井戸は「幽霊井戸」と呼ばれ、昭和四〇年代の中頃までは麴屋町の路地に水汲み用の手押しポンプが実在した。やがて水脈が変わったかして涸れてしまったようだが、その路地の一角には今でも手押しポンプの名残のコンクリート片が残っていると聞く。幽霊の「御礼譚」は珍しい。

幽霊譚を信じる信じないは人によるだろうが、僕は嫌いではない。愛した人が消え去るのでなく、別の世界で生きていると信じたいという思い。

僕の身近にこういうことがあった。

伯母の節子が子宮がんを患い、五一歳の若さで亡くなった翌朝、仲の良い親類の「やっちゃん」が、節子をとても可愛がっていた八〇を過ぎた自分の老母にそのことを告げたところ、彼女は静かに頷いて「知っとるよ。今朝会いに来てくれたよ」と言った。「そこの庭の薔薇の所に立って挨拶してくれた」と言うので庭の薔薇の木へ行ってみると、一番大きくて美しい薔薇が一輪、地面に落ちていた。刃物で切ったようだった。「節っちゃんは薔薇が好きやったけん。そのまま仏壇に飾ったとよ」と、やっちゃんは寂しそうに笑ってこの話をした。

また、実際に幽霊と話したことがある、というミュージシャンがいた。姿形はいつも通りで、足もちゃんとあり、普通の会話もしたが実は昨日既に亡くなっていた人だったのだという。

こういう話は本当かどうかを確認するすべがないが、かといって簡単に「錯覚」だとか「見間違い」或いは「嘘」と言い切るのも切ない。だから世の中は面白い、のだ。

「超能力」も面白い。「霊能者」は確かに実在するけれども「霊能者を騙《かた》る偽物」がやたら多く、そういう人物は本人が自分を「霊能者」だと信じ込んでいるからややこしい。中には妙なモノが憑《つ》いている人もあり、手の込んだ「マジック」を「超能力」

に見せかける詐欺のような人もあり、それを信じ込む人があり、信じ込みたい人があるから、ますます話が複雑になる。

　常人とは明らかに違う能力を持った人は確かにいるが、我々凡人にも、潜在的な「能力」は幾つもあるようだ。「予知能力」は「虫の知らせ」、「念動力」は「火事場の馬鹿力」、また「テレパシー」は「以心伝心」だろう。

　近年「オカルト」や「宇宙の夢」や「謎の古代史」までが一緒くたに「ミステリー」とか「超常現象」というカテゴリーの中に詰め込まれているのを見ると、きっと科学万能時代を息苦しく感じる現代人が「科学では証明できない何か」を見つけることで、心のオアシス「不思議」を護ろうとする戦いなのだろうと思う。

　そう考えるとUMAなど面白い。"Unidentified Mysterious Animal"の略で未確認の不思議な動物という意味だろうが、これは日本人が作った言葉だという。

　昔からヒマラヤの「雪男」、スコットランド、ネス湖の「ネッシー」などが有名だが、日本でも「ツチノコ」や広島の「ヒバゴン」、また鹿児島、池田湖の「イッシー」がひと頃話題になった。しかし、一向に解明されたり捕獲されたりしないところを見ると、これらは明らかに地球上の全てが開発されてしまって、我々の知らないものが無くなってしまった、という奇妙な「喪失感」が求めた幻想のようなものか。これほど科学が進んでも辿り着けない地球の深海には「見知らぬ生き物」が棲むはずだが、UMAにはどうも「誰かが目撃した」という条件が必要なようだ。では絶滅したとされる四万十川《しまんと》の「ニホンカワウソ」や秩父《ちちぶ》の「ニホンオオカミ」はその中に入るか。

ユングに邦題『空飛ぶ円盤』という著作があるが、彼は、UFOが存在するかしないかの問題ではなく、何故今、都市伝説に「UFO」が選ばれたのかということに強い興味がある、というようなことを言っている。まさに僕の興味もそこにある。人類の持つ共通深層心理を「集団的無意識」と名付けて研究し続けて生きたユングらしい疑問だ。

UFOは、"Unidentified Flying Object"の略で「未確認飛行物体」のこと。飛んでいるものが何であるかが正確に解らなければ全てUFOと呼べるが、それが空飛ぶ円盤とは限らない。UFOというと宇宙人の乗り物と決めてしまっている人があるけれども、今のところそれは「未確認」なのである。広い宇宙で生物が地球にしか存在しないという孤独から逃れるために地球外生命体を探すのだと言う人もあり、生命そのものが宇宙から来たと言う人もある。実は僕はUFOには、荒唐無稽で不思議な夢と希望を持っている。

あれは「タイムマシン」だろう。

昔から「アダムスキー型」と呼ばれる灰皿を伏せた形の下部に三つの丸い何かが付いた有名な空飛ぶ円盤がある。カローラでも二年でモデルチェンジするのに、最初に目撃されてから六〇年以上も経った現在でも同じ型が目撃されるのは何故か。宇宙人なら堂々と現れて「こんにちは」とかなんとか言えば良いだろう。空飛ぶ円盤は歴史的大事件が起きる前後、或いはそのときその場所に現れていた、という説がある。これらの疑問は「タイムマシン」という仮説によって一挙に解決できる。

あちこちで目撃されたアダムスキー型円盤は同一のもので、歴史上の事件を研究、確認するために未来から訪れるが、歴史の流れを変えないようにするために過去とは一切接触しない。だからＵＦＯは何だかいつもコソコソしているのだ。

うむ、説得力が出てきた。

とすれば壬申《じんしん》の乱や天下分け目の関ヶ原にも、もしかしたらあの日の広島にも長崎にも来ていた可能性がある。少し羨ましく少し哀しい時間旅行機。

心の「不思議」を失いたくないという人間の心が生み出したものはいつでもどこか切なく、とても魅力的だ。つまり、「不思議」こそが人間の「存在理由《レゾンデートル》」だと思い当たる。

「不思議」でいいじゃないか。

ライオン・総社・高校生

「公益財団法人　風に立つライオン基金」が毎夏行っている事業に「高校生ボランティア・アワード」がある。二〇一九年は、ボランティア活動をしている全国およそ三〇〇〇校の高校から一〇〇校を招待して、パシフィコ横浜で盛大に、二日間を無事に終了した。

毎年教わることの方が多い高校生達の活動に、第一回から欠かさず応援してくれている、ももいろクローバーZに、若旦那こと新羅《にら》慎二《しんじ》、そしてテツandトモは、今年も高校生のために駆けつけてくれた。一般見学者も年々増え、内閣府、NHK厚生文化事業団の後援、そして大日本印刷、日本航空、全日空、を始めとした協賛企業も毎年少しずつ増え、我々の活動を一〇年後、二〇年後に伝えるための大切なイベントに育っている。

僕らが「公益財団法人　風に立つライオン基金」を創立した一番のきっかけは、東日本大震災だった。震災後、自分の休みを見つけて被災地を訪ねて歌って歩く僕の姿を見た仲間達が、「一人でやるのは限界だよ」と立ち上げてくれたのだ。

もう一つのきっかけは、僕が書いた小説『風に立つライオン』の映画化に伴い、主演の大沢たかおさんと一緒に、生まれて初めてアフリカ・ケニアへ行ったことだ。ナイロビにある「キベラ」と呼ばれる大貧民街にたった独りで入り込み、身体の不自由な子ども達を懸命に支えている公文《くもん》和子という日本人の女医さんに出会った。

彼女の小さな診療所は円安と物価の高騰で維持が苦しかった。一年間に何千万円も足りないとなれば僕らにはなすすべがないけれども、「実は年に一〇〇万円足りない」くらいならば、僕らにもどうにか手伝いが出来るのではないかと思った。

フィリピンのミンダナオ島で二〇年以前から孤児院「ハウスオブジョイ」を経営する故・烏山逸雄《からすやまいつお》先生、さらにスーダンで僻地医療を行っている川原尚行《なおゆき》先生のグループなどが、僕らの小さな手助けを喜んでくれた。

こうして最初はさだまさしコンサートを中心に、ささやかな募金活動から始まったのだった。

設立年に鬼怒《きぬ》川の堤防決壊による茨城県常総《じょうそう》市の水害が起き、僕は泉谷しげるさんと二人で歌いに行ったが、このときには一〇〇万円の義援金を持って行くのが精一杯だった。

そしてすぐに熊本大震災が起きた。僕は一週間後にカステラとどら焼きを抱え込んで避難所に向かった。総重量二六〇キロを超える支援物資なので、空港で超過料金を支払う覚悟をしていたが、ANAの係員は「支援物資ですね」と念を押し、「そうです」と答えると「支援物資は無償で承ります！」と言い、さらに僕に向かって「ありがとうございます！」と深く頭を下げた。「日本中が応援している！」と胸が熱くなった。熊本や南阿蘇と同時に被害を受けた大分へ何度も伺えたのも基金に寄せられた募金のお陰だった。

その後、鳥取県倉吉《くらよし》市でも震災が起きた。このときはクリス・ハートさんが一緒に歌いに行ってくれた。

北海道に三つもの台風が上陸し、南富良野《みなみふらの》では空知《そらち》川が暴れ、ジャガイモが全滅した年があった。中学校の体育館で歌った「北の国から」の合唱は涙がこぼれた。僕らには歌うことしか出来ないが、歌うことなら出来るのだ。

口さがない人の中にはやれ「偽善」だの「売名」だのと言いたがる人があるからこういう活動をためらうのだ、という芸能人は意外に多い。なあに、僕や泉谷しげるさんのように「偽善活動(笑)」と笑えばよいのだ。

さて、二年前の福岡県朝倉市、東峰《とうほう》村、大分県日田《ひた》市では、「線状降水帯」による大水害が起きた。災害から一カ月ほど後のこと、人的被害の大きかった東峰村の地区長さんから事務局に電話が来た。

「我々はあれほどの被害から立ち直り、頑張ろうとしているところですが、さださんはいつ来てくれるんですか？」

僕を待ってくれている人がある、と胸を打たれた。ささやかながら伝わる人には伝わっているのだ、と僕の心は大いに救われ、活動への勇気を貰い、素晴らしい仲間の一人、鎌田實先生と共に直ちに応援に出掛けた。

こういう活動をしていると被災地で出会う友がある。そこで出会った炊き出しや、ボランティアを行うグループと力を合わせることで、人数の少ない我々は、いくつものボランティア団体を支援する、という独自のスタイルを固め始めたところだ。

すると昨年の西日本豪雨災害で感動的なことが起こった。豪雨被害が明らかになる中、総社《そうじゃ》市の高校一年生の女子生徒が市長にツイートした。

「私たち高校生に出来ることはありませんか？　自宅待機はもう嫌です」

片岡聡一市長は一分後に返信した。

「市役所に手伝いに来て下さい」

彼女がこれをＳＮＳで拡散したら、翌朝、総社市役所に一〇〇〇人の中学・高校生が集結した。「僕の市政が悪くてデモが起きたか」と驚いた、と市長が笑った。

こうして総社市の泥掻きは、総勢四〇〇〇人ほどの高校生達が始めたのだった。初日に戸惑っていたら、「市長！　ちゃんと仕切って下さい！」と高校生から叱られたんですよ、とも。

駆けつけた我が財団の副理事長の依頼を受けて、総社市の支援のもと、彼女を中心に四つの高校の生徒達は夏休みを利用して「家の掃除や建て直しに忙しい親たち」の代わりに公民館に子ども達を集め、共に遊び、勉強も教えた。高校生が開いた「みんなのライオンカフェ」の壁には、我々「風に立つライオン」のシンボル旗が掲げられ、高校生達は僕らの作ったライオンTシャツを制服代わりに着用した。

また、彼らは全国から寄せられた支援物資を飲料水、食料品、家庭用品、衣類、雑貨などとそれぞれ仕分けし、市役所の屋根付きの車庫を開放してあたかもフリーマーケットのように公開した。総社市民もお隣の真備《まび》町の人も、そこへ欲しい物を取りに来ると高校生達が店員のように世話をする。

活き活きと働く彼らを見たとき、僕はこれはある種の「革命」だと感じた。以後この出来事を僕の仲間達は「総社モデル」と呼んでいる。

二〇一九年も、千葉県では台風一五号による大災害が起きた。小型の台風だという思い込みと都心で大きな災害が見られなかったためお隣の千葉でまさか、という油断が情報を遅らせ孤立地域を放置することになった。

もちろん徹夜で復旧作業を行う電気事業者のみなさんのご努力を忘れるものではないが、後手後手になった支援状況は僕たちにとっても大きな反省材料になった。

毎年起こる災害に対して我々は無力だけれども、各地で総社モデルのような若い力が、ある種の統率力の下にきちんと正常に機能したとき、必ず新しい革命は起こり、そのことがやがて全国を変えるに違いないと僕は思っている。

高校生には日本を変える力がある。

僕はそう信じる。

酋長・歯痛・ポリネシア

第六九回日本エッセイスト・クラブ賞を、柳田由紀子さんの『宿無し弘文――スティーブ・ジョブズの禅僧』と共に、光栄にも僕の『さだの辞書』が頂戴した。何かを書くときに評価など気にしたことはないが、こうして改めて褒めて頂くと「不毛の荒野を孤独に歩いている」ような書き手には大きな勇気を頂く。審査員の皆様に心から感謝を申し上げる。

さて、本賞授賞式の日は、前夜にiPadで字を読み過ぎたせいか、緊張で寝ながら歯ぎしりでもしたのか左上の奥歯が痛んで困った。

僕は本を読むときの姿勢が悪いのか、そもそも歯の作りが悪いのか解らないが、読書の後は首が凝って何故か虫歯でもない歯痛に悩むことがある。それは子どもの頃からだった。

こういうときは大いに運動をするか、風景の良いところに旅をするかして心と身体をほぐすのが一番だが、このコロナ禍ではままならない。それで夜中にiPadに入れてあるアプリ「Google Earth」を開いて海外旅行を楽しむことにしている。

空想の中でどこへ行くかというとやはり一番の憧れでもあり、最も遠い南洋の島々だ。たとえば一九三七年当時、日本の制空権の中、偵察飛行を敢行しながら南太平洋上で失踪した飛行家アメリア・イアハートが目指した「ハウランド島」を探し当ててアメリカが何故この島を大切にしたのかを想像したり、明治時代の冒険家水谷新六が発見した「南鳥島」を見つけて「いつか行ってみたい」という夢を夜毎膨らますのだ。

幼い頃から『ロビンソン・クルーソー』や『十五少年漂流記』のお蔭で南太平洋の島々に憧れていた僕は実際に二〇代の半ばに(四〇数年も前の話)ロサンゼルスでの録音の帰り、弟がかつて一年弱の間ホームステイしていたニュージーランドを一緒に訪ねるついでに憧れのタヒチへ行く計画を立てたが、弟の勘違いで何故かサモアへ連れていかれた。ハワイでのトランジットの待ちあい中に初めてこのことに気づいて随分がっかりした。

僕は怒り、弟はしょげ返ってアメリカ領サモアの首都パゴパゴ国際空港に着くと、早朝にもかかわらず少年少女が日本でも有名な「サモア島の歌」で迎えてくれたので僕の機嫌はやや直ったが、入管の係官とイエローカードの必要の有無で揉め、結局向こうの勘違いと判って小一時間後に無事に通関。それでまたまた少し不機嫌になって弟に宿泊先を聞くと「レインメーカー・ホテル」と言う。どこかで聞いたことがある、と少し考えてハタと膝を打った。おお、サマセット・モームの名作短編小説『雨』の舞台ではないかと、思いもかけない幸甚に小躍りする。

プールで一泳ぎした後、部屋でモームに思いを馳せていたら夕刻、空港の入国審査で揉めた係官がわざわざ奥さんを伴い、土産まで持って自分の勘違いを詫びにやって来た。なんと気持ちの良い男だろうと感激し、二人を誘って楽しく夕食をとり、タヒチへ行けなかった悔しさもこれで霧消したのだった。

レインメーカー山の麓にあるこの名ホテルは残念なことに、この数年後に航空機の墜落による火災で焼失してしまった。首が痛くなるほど真上にある太陽もサモアで初めて体験し、果てしなく澄んだ美しい空と海に感動しつつその湿度の高さに辟易したが「雨」は一度も降らなかった。

それから僕らは西サモア(サモア独立国)に移動した。西サモアといえば『パパラギ』という本が日本でも一世を風靡したことがある。西サモアの酋長ツイアビによる演説集で、ヨーロッパを見聞して感じた文明社会への警告など箴言《しんげん》に満ちた名著で、僕はこれを友人に配って歩いたほどだったが、後にツイアビは欧州へなど行っておらず、この本そのものがドイツ人エーリッヒ・ショイルマンによる創作であったと知ってがっかりした思い出がある。

また西サモアというと青春期に読み耽った中島敦が『宝島』の作者スティーヴンソンが晩年西サモアで暮らした際の日記から『光と風と夢』を書いている。

ここで僕らは首都アピアに父親は英国人、母親はサモア人、西サモア生まれの女性アギー・グレイによって一九三〇年代に造られたアギー・グレイズ・ホテルに二泊した。夜九時頃小さな音でギターを弾いていたら、部屋のドアをドンドンと叩く人があった。ドアを開くと大きなサモア人の男性が「今ギターを弾いていたのは君か？」と聞く。夜だったのでうるさかったかと謝罪すると「そうではない、今、ロビーでみんなで歌っているから一緒にどうだ」と言う。行ってみると一〇人ほどが集まって歌っている。ここでもビートルズは世界言語だった。

弟が歌声に気づいて現れ、彼らに僕が日本の歌手だと明かしたので、日本の歌を聴かせろと請われて何曲かしみじみしたものを歌ったらとても喜ばれた。この後弟とフィジーに移動してここにも二泊したのだから、随分のんびりした旅だった。

ところが実は、このフィジーの辺りで歯が酷く痛み出したのだ。偶然フィジーに慰安旅行に来ていた北海道の看護師さん達と出会い、痛み止めの薬を貰って数日を誤魔化していたけれど、ニュージーランドに移動して弟がお世話になったブラウン夫妻の家にたどり着いた頃、遂に痛み止めが切れ、寝られなくなったので鎮痛剤を貰うために町の歯医者に行ったら右下の奥歯が酷い虫歯なのでこれを抜くと言う。怯える僕を前に老歯医者がヤットコを持ち、老奥さんが僕の頭をぐいと握りしめて凶行は行われ、歯は抜けた。

毎日口の中を消毒しながら数日を過ごし、ようやく日本に帰ったのはロサンゼルスを出てから二週間の後だ。それでも歯痛が止まらないので行きつけの歯医者へ行くと先生は相当驚いた。「外国で歯を抜くなんて、場所によっちゃあ生き死にに関わるぞ」と脅かしながら僕の口の中を覗き込んでいたが「まだ痛むだろう」と言う。「だから来たんだ」と言うと「酷い虫歯だったからあの歯はいずれ抜こうと思ってはいたんだが……」と彼は高らかに笑った。「痛んでいるのは抜いた歯の隣の歯だぜ」

ああ。タヒチへ、行きたい。

（第六九回日本エッセイスト・クラブ賞受賞の御礼に代えて）

本・音楽・映画・辞書……

三島・恩師・図書

二〇一八年正月休みのこと、引退後は故郷の鹿児島県、知覧《ちらん》にお住まいの恩師、松山國治先生から不意に電話が来た。

御年八五歳。倫理社会科の先生で、國學院高等学校卒業時の担任だった。

毎年、鹿児島にコンサートに行く度にお誘いをすると、先生はいつも奥様と二人、わざわざ知覧から鹿児島市内までコンサートを聴きに来てくださる。しかし先生から電話が来ることは珍しく、僕は何があったか、と少し緊張した。

「君は忙しいだろうし、うっかり電話をして迷惑を掛けるといけないと思い、いつ頃電話をすれば良いか迷っていたのですが、正月休みの頃であれば暇もあるかもしれないと思って電話をしたけれども今、少し話をしてもいいですか」

謹厳実直を絵に描いたような人柄であった松山先生らしい生真面目な言葉に僕は思わず「はい」と背筋を伸ばした。

「君はもしかしたら忘れているかもしれないが、昭和四五(一九七〇)年一一月二五日、三島由紀夫の、あの日に、僕は君にそれを告げるために慌てて教室へ行った」

　正月早々奇妙なことを切り出した。勿論その日のことは忘れない。

　三島由紀夫が自ら主宰した民兵組織「楯の会」グループの有志と共に自衛隊市ヶ谷駐屯地で現役自衛隊員に「憲法改正のための自衛隊によるクーデター」を呼びかけ、失敗した直後、庁舎内総監室で自決したとされ、世界にも衝撃を与えた「三島事件」或いは「楯の会事件」と呼ばれる事件が起きた日のことだ。

　その日、昼休みの教室に松山先生が青ざめた顔で駆け込んできて突然「佐田君、佐田君はいるか?」と叫んだ。そして震える声で「おい、佐田君、三島由紀夫が切腹した」と言った。

　僕が吹き出して「何馬鹿言ってんの」と言うやいなや、先生は僕の手首をつかんで、ぐいぐいと引っ張って職員室まで連れて行くと、先生方が群がって見つめているテレビの下で「見てごらん、本当だろう」と青ざめた顔で言った。テレビの画面では、しきりにヘリコプターのカメラが市ヶ谷駐屯地を映し、アナウンサーが興奮した声で「三島由紀夫の割腹自決」を報じていた。職員室が異様な熱気の中で、不気味に静まりかえっていたのを覚えている。

　後日、松山先生は三島の死をどう思うか、と僕に聞いた。それは「憲法改正のための自衛隊によるクーデターを扇動し、それに敗れ、失望して自死を選んだ」という浅薄な「額面」の話で無く、これを「個人的理由からの自殺」だと観るのか「戦後の利己主義的民主主義に対する諫死」と観るのか、或いは別の何かか、という問いであった。

丁度「中世に於ける一殺人常習者の遺せる哲学的日記の抜萃」を読み、完全に打ちのめされた僕が一気に三島文学に傾倒していた頃だったので、この極めて官能的で絶望的で象徴的な「割腹自殺」は三島由紀夫の「重要なテーゼの一つ」であり「三島作品の結晶の一つ」のような気がして、確か生意気にそんなことを言った記憶がある。まさに「そのとき刃は新らしい意味をもった。内部へ入らずに、内部へ出た」のを、この「死」に感じたからだ。しかし、このとき以来ずっと不思議だったのは、松山先生は、何故わざわざ教室までやってきて、どうして僕を選んでそのことを告げたのか、ということだった。

やがて高校三年時の進路相談のときのこと、先生は僕に、國學院大學の文学部に進学することを幾度も、強く薦めた。「君の成績であればどの学部であろうとも推薦入学は問題ない。しかし僕は君には是非とも國學院大學の文学部へ行ってほしい」と言った。僕は文学部なんて軟派で潰しの効かない所へ行くのは真っ平だと突っぱねた。

「先生、俺は法律家になって、世間の弱者の味方になるんだ」と言った。

「君の気持ちはわかるけれども、國學院大學で現役で司法試験に通った人は現在一人も居ないというのが現状なんだ」

「先生、覚えておいてくれ、俺がその最初の一人なんだよ」

生意気にもそう答えたものだ。先生は苦笑いをしながら念を押した。

「おい。我が校から、君が文学部に行かずに誰が行くのかね？」と。

僕は確かに「国語科」のみ異常に成績が良い生徒であったが「文学」とは無縁の「音楽」の世界を生きてきた。進路相談の頃には音大受験のことは諦め、國學院大學の推薦試験にすがるような立場であったけれども「文学部」で何かをする、というイメージは持てず、教師になるという選択肢も僕には無かった。従って名門國學院の文学部史学科を出て社会科の教師になるのも良いが、いっそ神道学科を出て神主になる方がずっと面白い、などと思っていた頃だった。

このとき、最後には松山先生が折れた。そうして僕は國學院大學法学部法律学科へ推薦で進学して二年で学校を辞めた。

松山先生は実直で生真面目な人だったけれども、意外に洒脱な面があった。卒業前の冬休みの間、僕は親友達との卒業旅行費用を捻出するために校則で禁じられていたアルバイトをしていた。「卒業式の予行日」に、ビルの天井の下地作りの現場がピークを迎えていて、偶然上京していた母に、万が一学校から電話があっても、熱を出して寝込んでいると誤魔化してくれ、と頼んで早朝から秋葉原の現場へ出かけた。

案の定、松山先生から電話が入った。

母が朝から熱を出して寝込んでいます、と言うと先生は吹き出し、「アルバイトも大事だろうけれども、卒業式の予行なので、午後だけでも学校に来るように伝えてください」と言ったという。母は恐れ入って僕に連絡を寄越し、僕は母に秋葉原まで制服を運んで貰い、駅の便所で着替えて学校へ出た。これが学校で公にされれば当然処分の対象で推薦権も剝奪されるところであったが、松山先生は「生徒のうちは学校の行事を大事にしなさい」と笑っただけで公にせず、お陰で処分にはならなかった。

様々な思い出が頭の中をよぎる。

先生と話すのは嬉しいことだが、先生はわざわざ僕を相手に三島由紀夫の話をするために正月に電話をしてきたのかしら、と訝《いぶか》しんでいると、先生が改まってふとこう言った。

「岩波の『図書』において、一月号から君のエッセーが始まったでしょう」

「あっ」と、やっと思い経《いた》った。松山先生は三島由紀夫と岩波書店の崇拝者であった。すぐに「三島作品の○○を読みなさい」「岩波の○○によれば」とか「岩波書店の○○を読めば」などと言った。

「あれはいつまで書きますか」と聞かれ、「問題が無いようでしたら二年ほどは書かせていただけるようです」と答えると、先生は驚くほど元気な声になって「そうですか。僕は君が『図書』に書くのが、嬉しくて電話をしましたが、そうですか、以後楽しみにします」と言った。岩波書店の『図書』にエッセーを書くということは「大偉業」だぞ、と、高校時代の恩師が称えてくれた訳だ。

電話を切ったあと、暫く考え込んだ。もしもあのとき、僕が先生の指示に素直に従って國學院大學文学部へ進学していたならば果たして僕はどのような人生を歩んだのだろうか、と。あの頃決心すれば國學院の偉大な図書館の本を完全読破することが出来たかも知れない、と思うことは今までにもあったが、この歳ではもう叶わない。人生の大きな後悔の一つだがさて、あの頃、一体松山先生は僕に何を期待していたのだろうか、と思う。

一度伺いたいと思いながら時は過ぎた。四月には東京へ行きますよ、という声の温もりと熱いエールが嬉しく、僕はこの晩、電話のあと独りワインを抜き、遠い鹿児島の恩師に献杯をした。

手塚・ちば・赤塚

僕たちが「未来」と言うとき、それが何時のことかを明確に示すことは難しい。もっとも僕らの言う「現在」も漠然とした「概念」に過ぎず、こう言うそばから刻々と「未来」は現れ、瞬《また》く間に僕を通過して「過去」へと去って行くのである。

これをたとえば高速で動く列車の窓側の座席に、後ろ向きに座った自分が今眺めている風景を「現在」と定義してみる。すると、同じ列車で「現在」の窓の外を見ていた幾人かの中には「水牛の上に乗っている少年が居た」と言う人、「いや、少年は水牛の脇に立って居た」と言う人、或いは「いいえ、少年は水牛の脇を走って居た」などと意見が分かれる事態が起きる場合がある。これは窓の外の少年と水牛を、何時どのように見ていたかによる違いであって、実は初め水牛の上に乗っていた少年がやがて水牛から下り、すぐに誰かをめがけて走り出したという一連の動作だったことを全て知る人もきっとある筈だ。「現在」を共に生きながら、認識している事実が異なる理由はこれだろう。

ともあれ僕は高速で走る列車の「現在」と呼ぶ窓際に後ろ向きに座っており、後ろから刻々と現れる風景の見えない部分を「未来」と呼び、遠ざかって既に見えなくなった様々な風景を「過去」と呼んでいるわけなのだ。

さてさてこのように時間の概念はまことに難しいけれども、実はとても幸運なことに、少年時代から僕には「未来」という明確な座標が存在していた。それは二〇〇三年四月七日。そう、鉄腕アトムの誕生日だ。

手塚治虫先生も鉄腕アトムも漫画少年の僕にとって最高最大のヒーローだった。そしてアトムに憧れた当時一〇歳の少年は、アトムが生まれるその日までに実に「四一年」という途方も無い時間を待たなければならなかったのだ。

僕は人生の中でも特別なその日の朝のことを確かに覚えている。ついに「未来」に辿り着いてしまったのだから。想像していた「未来」とは全く違っていても、その日以後の僕は少年時代の僕から見れば「果てしない未来」で暮らしているわけなのである。

過去よりも圧倒的に「未来」の方が長い少年少女にとって、最も興味深い時代は「未来」だろうと思うとき、僕のように手塚先生の与えてくれた「手の届く未来」という「明確な座標」を持った少年は極めて幸福だったと思う。今最もわかりやすい未来の座標は二一一二年九月三日、藤子不二雄先生のドラえもんの誕生日だろうか。

僕がその「未来」の朝を迎えることはなく、今の子ども達の中でも数人しか迎えることの出来ない、遥か遠い手の届かない「未来」の座標。その頃この国は存在するのだろうか。

僕の少年時代、子どもが漫画を読むのを嫌う親が多い中で、父も母も僕ら兄弟妹が漫画を読むことには大らかだった。父の商売が没落した後、本は贅沢品となり、漫画は「貸本屋」で借りて読むようになる。貸本屋では雑誌であれ単行本であれ一日一〇円程度で借りることが出来た。弟と二人、一日で読んで返さねばならないので忙しかったが、返し忘れたときの遅延反則金が怖いので、何しろ本を返す日限だけは兄弟で必死に守った。

当時は月刊漫画誌ブームで『少年』『少年画報』『少年クラブ』『冒険王』『まんが王』『日の丸』『おもしろブック』と驚くほど沢山の月刊誌が部数を競い合っていたが、やがて付録合戦の後、潮が引くように消えていった。そうして今度は『少年サンデー』『少年マガジン』など、週刊少年漫画誌の時代に変わってゆく。

小・中学生時代のヒーローは、ちばてつや先生だった。『紫電改のタカ』『ちかいの魔球』また『ハリスの旋風《かぜ》』など大好きで読んだが、『紫電改のタカ』などは、少年漫画なのに、最終回には主人公の滝城太郎が母や恋人を残して特攻に飛び立つシーンで終わるという、今でも忘れられない衝撃の名作の一つだった。

ちばてつや先生は、光栄にも昔ラジオ番組のゲストに来てくださったのがきっかけで、コンサートにお出かけくださることがあり、今年の春も座間でのコンサートにおいでくださったので、久し振りにゆっくりお目に掛かることが出来た。このとき、楽屋裏で恐る恐る色紙を差し出すと、ちば先生は僕宛にジョーと鉄平をさらさらと描いてくださった。これはもう、家宝である。

こういう仕事を始めてから偉大な方々にお目に掛かる機会を得たが、殊に少年時代の憧れの作家と巡り会える機会が与えられるということは、僕にとっては夢に手が届いたような幸福だった。

余談になるが、赤塚不二夫先生と新宿二丁目の薄暗い小さなお店で朝まで一緒に呑んだ思い出がある。『おそ松くん』『天才バカボン』など強烈なギャグ漫画で一世を風靡した赤塚先生は、生真面目で誠実な性格だったから自分の生み出した漫画のキャラクターに自分の方がすり寄ってしまったと言われるほどの真面目な天才だ。もっともその晩は何故か作家の遠藤周作先生、長崎出身の文芸評論家の山本健吉先生と一緒だった。

山本健吉先生が「防人の詩」をカラオケで歌うと遠藤先生が真面目な顔になり、小声で「さだ、これは上手いのか下手なのか」と僕に聞いた。「味がありますね」と言うと「貴様、上手いこと言うな」とぽかりと殴られた。赤塚先生は酔っ払って、ずっとケラケラと笑っていた。

偉大な作家と言えば漫画では手塚治虫先生で、世に手塚なかりせば今日の日本漫画の世界制覇は無かったとさえ思う。『鉄腕アトム』は言うに及ばず『0《ゼロ》マン』『キャプテンＫｅｎ』『どろろ』『火の鳥』『ブッダ』『ブラック・ジャック』と日本漫画史を支え続けた巨人で、日本の漫画の原型を作った人である。今でも無念なのはその手塚先生との別れの思い出だ。

僕のラジオ番組に二度ほどゲストでお出でくださったのがきっかけで、それ以後幾度かお目に掛かる機会があったが、最後にお目に掛かったのが亡くなる直前の、昭和六三（一九八八）年のクリスマス・イブの午後のことだった。東京のホテルニューオータニでのディナーショーの当日、チェックインをしていると後ろから「さだ君」と、声を掛けてくださったのが手塚治虫先生だった。先生の顔色がとても悪かったので、僕は一瞬ぎくりとした。

それでも先生は明るい笑顔で「ああ、良いところで会えた。実は君に頼みたいことがあるんだ。今、少し時間あるかい？」と突然そう聞いた。既にリハーサルの時間になっていた為「先生、今から今夜のディナーショーのリハーサルなんです、三〇分程後でよろしければ時間は沢山あります」と言うと、「ああ、そうかあ」。先生は時計を見ながら少し考えた後、「二〇分後だと僕が無理なんだよなあ。じゃあ、すぐにまた連絡しますね」と笑顔で手を振り、エレベーターホールへと去って行かれた。先生の背中を見送りながら、既にこのとき、僕はとても後悔をしていたが、この日から一カ月と少し後、平成になってすぐの二月九日に手塚先生は逝去された。

手塚先生の「頼みたいこと」とは果たして何だったのだろうか。僕は、このとき、自分の人生の宝物になるようなとても大切なことを、一瞬の判断ミスによって永遠の謎に帰してしまったのである。僕はこのとき以後、「後でね」を自分に禁じた。

リハーサルなどほったらかしてすぐに手塚先生のお話を伺えば良かったのだ。一生の不覚である。

バッハ・炎上・リボーン

今年(二〇一八年)の一〇月二五日で、歌手としてデビューして満四五年になる。まさかこれほど長い間現役で居るとは想像もせず、今はただ支えてくださった方々に感謝するばかりだ。通算四五枚目になる新しいアルバムは『Reborn〜生まれたてのさだまさし〜』という題名で、既にビクターから発売中なので是非ともお聴き願いたいと最初に堂々と宣伝をさせていただく。

それにしても、まさか歌手になろうとは自分でも意外な人生だった。三歳八カ月からヴァイオリンを弾いているから「音楽生活」ならば優に六〇年を超える。当時は才能教育とか天才教育などと呼ぶ人もあったが、あの頃の少年少女ヴァイオリニストのみんなが、ヴァイオリンが好きで弾いていた訳でもなく、僕も「親が好き」という理由から「弾かされていた」のだったが、小学生当時、地方大会が東日本、西日本、西部地区(九州・山口)の三カ所だけだった「全日本学生音楽コンクール」の西部大会で三位、二位と二年続けて入賞したものだから先生や両親に期待されてヴァイオリンの道を歩むことになった。

僕が三位のときの一位は数住岸子《すずみきしこ》さんで、彼女はこの年に全国制覇を遂げ、のちに桐朋学園からジュリアード音楽院というエリートコースを走り抜け、武満徹さんにも愛される日本を代表するヴァイオリニストになった。音楽仲間に「誰に負けたの？」と聞かれたときに胸を張って「数住岸子」と答えると、相手は必ず「あ、そりゃ誰も勝てないわ」と笑いながらため息をつく。これは僕の自慢と誇りだった。地方大会で大谷翔平と投げ合って負けた、という元高校球児に似ている。

一度音楽誌『音楽の友』で対談をしたが、ヴァイオリン少年だった僕のことなど彼女の記憶には微塵も無かった。それはそうだろう、レベルが違った。

ところが僕が歌手デビューをし、ヴァイオリンを弾いていたことから彼女のお母様が少年時代の僕を思い出して下さったそうで、彼女もそれから僕の歌に興味を持ってくれた、と聞いた。一度共演しよう、という約束を果たせぬまま、彼女は四五歳の若さで無念にも肺がんで亡くなってしまった。

ヴァイオリン弾き同士で、音楽的な深みは無いが技巧だけは極めて上手い「パガニーニ弾き」とか、面白味はないが基本にだけは忠実な「バッハ弾き」といった陰口がある。意外かも知れないが実は僕は「バッハ弾き」だったのだ。しかし結局ヴァイオリン弾きとしての僕は完全な落ちこぼれで、「音大受験」すら諦めてしまった。なんとか國學院大學に入れて貰ったものの、音楽への思い絶ち難く、その頃の僕は自分の気持ちを治められずに悶々としていた。

丁度その頃、クラシックの人々が「軽音楽」と少し軽く見ていた商業音楽の世界では、グループサウンズのブームが去って、フォークソング台頭の時代。子どもの頃から古典音楽を、殊にヴァイオリンのような単旋律楽器を学んでくると、ありがたいことに「音の塊」があれば、そこから、幾筋かのメロディを(良し悪しは別にして)紡ぎ出すことはそう難しくない。それでヴァイオリン弾きにはなれなかったけれどもひょっとして「曲づくり」なら出来るかも知れない、そうなれば音楽に関わって生きられるかも知れないという気になって、おそるおそるその道を探り始めたのが二〇歳の秋だった。

ところが一所懸命作ったところで僕の作った歌など誰も歌ってはくれない。それでやむなく自分で歌い始めたら、想像もしていなかったヒット曲をいただき、妙に強い責任を感じてひたすらに走り続けていたら、あっという間に四五年も経ってしまったという訳である。だから僕にとって古典音楽は今でも遠い遠い故郷なのだ。

「うたづくり」の道を歩かせていただけたのも音楽の基礎体力をクラシックから貰

ったと思うから、生活が苦しい中でよくぞ僕にヴァイオリンを学ばせてくれたと両親には心から感謝している。「僕の音楽の原点はバッハです」などとは気障《きざ》で言えないけれども、音楽家はきっとみんなそう思っていると思う。

そういえば子どもの頃「好きな作曲家は誰？」と聞かれてベートーベンと答えると失笑気味に「へえ」と頷かれたものだ。だってベートーベンなんて誰でも知っている名前だから。それは「北原白秋は好きだな」と言ったときの、相手の少し白けたような僅かに見下したような「へえ」に似ている。僕はその度「ちゃんと知らないくせに」と、こっそり舌打ちをする。だが歳を取ってくると、世の中はどの世界でも「ちゃんと知らない」人々のうろんな納得や結論に満ちているということが解るようになるから、最近はそういうことではあまり腹を立てない。

そういえば「さだまさし」に関しても「ああ、知ってる知ってる」という人は多いけれども、毎年発表し続けてきた四四枚のアルバムの中の何枚も聴いた、という人は少なく、ましてやコンサートに幾度も来てくれるような人は稀だ。にもかかわらず「知ってる知ってる」という人は、顔や声と共に何曲かのヒット曲のフレーズや題名を知っているという位で、たまにテレビで見る、とか友達に詳しいのが居る、といった人が多く、実際は「関白宣言」すら「亭主関白」と記憶している程度であることは十分に承知している。「精霊流し」で〝暗い〟と言われ、「無縁坂」で〝マザコン〟、「雨やどり」で〝軟弱〟、「関白宣言」では〝女性蔑視〟と言われた挙げ句、「防人の詩」では『二百三高地』という日本が勝った戦争映画の主題歌であったことから〝好戦的右翼〟とまで言われたのだから、今ならさしずめ「炎上商法」だな、というのは笑い話だが、正直なところ「たかが歌詞」ひとつに対する世間の過剰反応と個人攻撃にへこたれそうになったこともあった。

そのころ懸命に僕を励まし続けてくださったのが山本健吉先生で、「君は「既にいなくなってしまった人」を歌うのが極めて上手い。これはね「挽歌」と言って日本の詩歌の大切な伝統なのだ。胸を張って歌いなさい」などとお目に掛かる度に、一献傾ける度に僕の背中を押して下さったから、「山本健吉が認めてくれるのだからどこの誰に何を言われたところで痛くも痒くもない」と血気盛んな青年は相当に勇気づけられたのである。

先生は忠告も忘れなかった。

「君が作った物が誰かの何かに似ている、と言われても意図して盗んだのでなければ恐れなくてよい。芸術は影響を受けたものの模倣に始まるからです」

成る程、ベートーベンですらハイドンやモーツァルトの強い影響を受けている。

答えた。

「だがね」と先生は言った。「君が歌を続けていって、やがて万が一、昔自分が作った作品に心惹かれて「あのような歌を作ろうか」と、ちらりとでも思ったときには、潔く「うたづくり」をやめなさい」と。「何故ですか」と尋ねると先生は真顔でこう答えた。

「かつての自分の作品をなぞることは「自己模倣」と言って芸術の末路であり、行き止まりだ。それは君の芸術の死だよ」

毎年新しいアルバムづくりをする度に山本健吉先生のその言葉を胸に刻み直す。そして先生は今も僕の心に生きて、何かに迷っても、質問さえすればきちんと答えて下さる。たとえば角川書店刊の先生の歳時記を繙けば「夜寒は秋。桜は花冷えだよ」などと今でも優しく語りかけて貰えるのだ。だからメロディに詞《ことば》を乗せるとき、僕はいつも山本健吉先生と一献傾けているような気持ちになるのだ。

まだ「うたづくり」はやめない。

笑髭・不知火・男はつらいよ

昭和五二(一九七七)年春に大ヒットした「雨やどり」という曲によって、ソロ歌手になったばかりの僕は「この道」をゆく切符をいただいた。

山本直純先生に出会ったのはその年の夏の初めで、TBSラジオのレギュラー番組に呼ばれた。大指揮者相手に緊張したが、先生の明るい人柄のお陰で話が弾み、予定の三〇分はあっという間に尽きた。

「おい、お前今日は忙しいのか？」

「いえ、この番組だけです」

「よく言った、じゃあ来週分も録ろう」

先生は乗りに乗って結局何と四週間分の録音になってしまった。以来、僕は山本直純先生にとても可愛がられるようになった。先生は「まさし」と呼び、僕の方は「先生」と呼ぶけれども、それ以外はいわゆるタメ口で、「先生、何やってんの！」だの「先生、駄目だってば」と、いつもくだけた調子だった。以後、「鮎を食う」だの「紅葉狩り」だのと呼び出されてはあちこちに一緒に出掛けた。

先生は「笑髭」という俳号を持っていて、永六輔さんの主催する句会で「天」を取ったと自慢するから、一体どんな句ですかと尋ねると、「お題は日本海だったんだ」と前置きして、「日本海、ああ中国かいソ連かい」だ、と胸を張った。

「バカだね」

僕らは腹を抱えて笑った。

昭和五三(一九七八)年の春先に京都で落ち合い、一緒に鰻を食べた後、二人きりで先斗町《ぽんとちょう》の「鳩」という小さなお店で呑んだ。この夏、先生と新日本フィルが行っている「軽井沢音楽祭」に僕が歌いにゆく約束をしたが、呑みながら急に先生が新曲を作れ、と僕に命令した。しかも「二五分の歌を書け」と。

「先生、歌は大体一曲三分から五分だよ」と答えると、「ばか、それはお前がテレビ局に騙されてるんだ。音楽に時間制限があるほうがおかしいじゃねえか。「冬の旅」を見ろ」と、突然シューベルトを持ち出して約束をさせられた。田舎者の僕は、行ったことのない「軽井沢」に緊張し、「二五分の歌」の約束に途方に暮れた。居ても立ってても居られずその年の梅雨の頃、こっそり軽井沢に下見に出掛け、偶然、旧軽井沢の小さな教会で美しい結婚式を見かけた。それがヒントになり、僕は「親父の一番長い日」という歌を書いた。

一二分半の長い歌だったが、それでも先生の言う二五分の半分に過ぎなかった。二五分の歌を作る力量が僕には無かったのだ。これは一生の宿題だ。

この夏、先生が交通事故を起こして騒がれたが、これは愛妻家の先生が奥様のミスを全部被ったというのが真相だ。世間から袋だたきに遭った直純さんはそれでも一切弁解せず、ひたすらにお詫びをして謹慎生活に入った。従って軽井沢音楽祭に先生は現れず、大親友の岩城宏之先生が代演された。演奏会の前の晩、コテージで岩城先生と二人きり、呑みながら様々な話が出来た思い出は、僕の宝物の一つだ。そうして「親父の一番長い日」は岩城先生の指揮で初演したのである。

岩城宏之先生は山本直純が大好きで、CMやバラエティでの人気の高さを「オーケストラの為」と喜びながらも、この天才の本業「指揮者」としての評価の低さを惜しみ、苛立ち、やっとの思いでNHK交響楽団との共演をプロデュースし、「一度直純が本気で指揮するのを聞けば彼の凄さは必ず世界に伝わる」と信じ、起死回生のチャンス、と期待したのだったが、実は例の交通事故による謹慎でこれも夢と消えてしまった。そういう意味では運の悪い天才だった。

作曲家としても一流の先生らしい渾身のアレンジによる「親父の一番長い日」は、

オーケストラ楽団員の魂を揺さぶるほど素晴らしかった。中間演奏のメロディの優しさ、美しさは、いまでも聴く度に涙がこぼれそうになる。

この年、僕は謹慎中の先生を励まそうと先生をあちこちの旅に誘った。まず旧暦八朔の日の深夜、八代海に現れる不知火《しらぬい》を見に熊本まで出掛けた。

旅館で待っていると、深夜に不知火が現れたら花火が上がる。暗闇の中、神社の境内へ行き、遠い海の彼方あちこちに現れては消える不思議な火を見た途端、先生は子どものように大声で「ああ、出た出た、不知火だ、不知火だ、ばんざーい」と叫ぶ。まわりは「あ、直純だ」「直純だ」と気づいて歓迎の握手攻めの大騒ぎ。旅館に帰って「謹慎中なんだから」と僕に叱られてシュンとした先生だったが、この秋、長崎くんちの桟敷席でも一人で興奮して立ち上がり、NHKの全国中継に映ってしまって、また僕に叱られた。

翌昭和五四(一九七九)年「関白宣言」が大ヒットした直後、前年に作った「親父の一番長い日」を次のシングルに決めたことも、僕の父の誕生日一〇月一二日に発売することも、先生のアイデアによるものだった。この年の夏の終わり、先生と僕と新日本フィルとで歌舞伎座でコンサートをやり、そこでライブレコーディングをした「親父の一番長い日」は大ヒット曲になった。翌年、山本直純は映画『二百三高地』の音楽監督になり、僕は先生に請われて「防人の詩」という主題歌を書いた。

この映画制作中のある夜中、先生に世田谷のスタジオに呼び出され、「兵士の魂だけが雪に埋もれた故郷の金沢に帰る」という、なんとも切ないシーンに、今すぐ歌を付けろと命じられ、僕は苦しみながら三〇分ほどかけて「聖夜」という三分ほどの歌を書き上げたのだが、先生はその場で僕の弾き語りを録音し、それに後でオーケストラの音を乗せた。誠に恐るべき力技だった。

天才・山本直純はオーケストラの楽団員の生活ばかりを考えて生きたと言ってもいいと思う。「楽団員が生活できないようでは音楽を目指す人が減り、クラシック音楽の底辺が狭くなる、ここを広げなければクラシック音楽は滅びる」と。だから小澤征爾さんに「君は世界を行け、僕は日本の底辺を広げる」と告げた。

どんなに遅くまで僕とお酒を飲んでも、朝は必ず五時には起きて譜面を読むという真面目な人だった。しかし若い頃から視力が落ち始め、譜面を読む力や速度が衰えていることは、指揮者としては致命的な悩みの一つだった。それで「世界」を諦めたのだ。それから自らオーケストラのコンサートにお客を呼ぶ為の道化役を引き受け、集客に命をかけた。

「お前は元々ヴァイオリン弾きだ、お前のお客をこっちに一杯連れてこい」というのが口癖だった先生は、僕とオーケストラを繋いでくれた恩人でもある。最後の最後までオーケストラの楽団員の生活の心配ばかりしていた。

最後にステージでご一緒したのは僕の「オーケストラのコンサートツアー」の千穐《せんしゅう》楽《らく》、突然アンコールで現れた先生が楽団員に楽譜を配り「親父の一番長い日」を振ったあと、颯爽とステージを下りた。千両役者だった。「直純さん、格好良い」僕は心の中で叫んだ。

この晩、二人きりで麻布の「フロイデ」という店で深夜まで呑んだ。先生はピアノを弾き、僕はお店の壁のヴァイオリンを借りて一緒に演奏した。「愉快、愉快。さあ。呑もう」と子どものようにはしゃいだ。これが先生と呑んだ最後の思い出だ。

ベートーベンの交響曲第一番から九番までの全ての総譜(スコア)が完全に頭の中に入っていた稀代の指揮者だった。「男はつらいよ」や「MUSIC FAIR」をはじめ、驚くほど沢山の名曲を作り続けた大作曲家でもあった。

先生は平成一四(二〇〇二)年の六月、六九歳の若さで別れも告げず不意にこの世を去った。存命であれば今年(二〇一九年)まだ八七歳。もっともっと一緒に仕事がしたかった。一緒に遊びたかった。

僕は山本直純が大好きだった。

秀野・安見子・蟬時雨

四〇年近い昔、尊敬する山本健吉先生と静枝夫人、お嬢さんの安見子《やすみこ》さんは、いつも必ず三人揃って僕のコンサートにお出でくださった。僕は二〇代の半ばくらいから健吉先生をオヤジと呼び、安見子さんをお姉ちゃんと呼んで慕っていた。

お姉ちゃんの生母が静枝夫人ではなく、石橋秀野《ひでの》という俳人であったことは後に知ったが、このことはご家族にとって何かの慮《おもんぱか》りの上の秘事であろうと思い込み、詮索もせずにいたが、健吉先生の没後、二〇〇三年に静枝夫人が亡くなられ、二〇一〇年にお姉ちゃんが飯塚書店から『石橋秀野の一〇〇句を読む』(山本安見子著、宇多喜代子監修)を上梓したことで、半世紀を経て彼女の生母石橋秀野が文学史に蘇生することになった。

秀野を知らずとも「蟬時雨《せみしぐれ》子は担送車に追ひつけず」という句を知る人は多いと思う。僕の秀野探しの旅もこの句に始まったのだった。

石橋秀野に詳しいブログ「善知鳥《うとう》吉左《きちざ》の八女《やめ》夜話」の著者、杉山洋先生にお教えいただくようになってもう一〇年近くになるだろうか。杉山先生は福岡八女屈指の文化人。坂本繁二郎直弟子の洋画家で、山本健吉との友情から、今でも石橋家の菩提を護ってくださっている。秀野の足跡を辿り、山本健吉の心を量り、八女市にある健吉・秀野の句碑建設や山本健吉資料館設立に尽力された方だ。御年九五歳になられるが、誠にお元気で温かで誠実で情熱的な素晴らしい篤志の人。

山本健吉没後二五年法要の際にお招きいただき、福岡県八女市内の石橋家菩提寺で健吉先生のお気に入りだった「防人の詩」を奉納させていただいたのが懐かしい。先日、僕のコンサートにお出かけ下さった折に、来年は健吉先生の三十三回忌になりますから、また八女に来て下さい、とお誘いいただいた。

さて、秀野については、彼女が薄命だった上に発表作品が少ないため、当時の文学者の記憶の断片を掬《すく》いながら勝手に想像せざるを得ない。まるで「追ひつけない」蜃気楼を「追ひかける」ようなものなのだ。

秀野は奈良の名家、藪家の有名な美女(妹の恒子は漫画家の清水崑夫人)。文化学院文学部で与謝野晶子に短歌を、高浜虚子に俳句を学んだ。秀野の青春時代の潑剌とした姿は、わずかに彼女の没後に上梓された句文集『櫻濃く』の見事なエッセーに鮮やかに描かれているのみだが、その文学性は若い頃から高く評価されていたようだ。健吉と結婚後、石田波郷《はきょう》らの「鶴」に入会し、代表的俳人として活躍した。

健吉以外に早く秀野の才能に気づいたのは横光利一で、小説を書け、と強く薦め、秀野の「望遠鏡かなし枯枝頬にふるゝ」に「何故小説にしない、勿体ない」と言うほどの熱の入れようだった。結婚をし、子を授かり、肺病を得るに至って、秀野の俳句への魂は凄まじさを増し、西東三鬼《さいとうさんき》をして「俳諧の鬼女」と感嘆せしめた。晩年には生命の叫びがずんずん高くなる。

看病の夫へ詠う「短夜の看とり給ふも縁かな」には彼女の本来持って生まれた優しさ、繊細さも見えるが、飯田蛇笏《いいだだこつ》が「もの言うも遠慮する」と言う「西日照りいのち無惨にありにけり」の覚悟が凄まじい。また角川源義《げんよし》が「文学の鬼女」と評した「緑なす松や金欲し命欲し」の血を吐くような叫びには、ただただため息が出るばかりだ。

胸を病み、腎臓も痛めていた秀野は、ついに昭和二二(一九四七)年七月二一日に京都の国立宇多野《うたの》療養所に入所する。

僕が受付で手続きをすませてゐる間に、看護婦たちはすばやく彼女を擔送車に乗せて、長い廊下を病室へと運び去りました。(中略)六つの安見子が、必死になつて擔送車のあとを追ひかけました。擔送車の上から母親はしきりにオイデオイデをします。あとで病室で彼女は僕にこのことを言ひ出し「私のやうな者も親だと思へばこそ追ひかけてくる」と涙ぐみました。

（山本健吉「虚構の衰頽」）

このとき、擔《たん》（担）送車《そうしゃ》（ストレッチャー）の上で秀野が句帖に青鉛筆で走り書きしたのが、絶筆「蟬時雨子は担送車に追ひつけず」だ。真夏の生い茂る緑の木々、轟音《ごうおん》に近い蟬時雨の中で、半ば朦朧《もうろう》として、母親という生き物はそれでも生命の際まで愛しい子を思うのだ、という感動に加え、十七音のなかにこれほどの重い物語を描くことの出来る「俳句」文学の深みに驚嘆する。

ところが安見子お姉ちゃんはこの句が「嫌い」だという。実のところこのときのことを覚えていない、というのだ。秀野を知る人々に会うと、必ずこのときのことを聞かれ「覚えていない」と答えると、（満で）五歳にもなる子が（この凄まじい出来事を）覚えていないとは……と呆れられたりがっかりされたりするのでこの句が嫌いになったのだという。

しかし、と僕は思う。

料理ひとつ出来ず、日常生活上の才覚もなく、戦後の貧困にあえぐ文学一筋の山本健吉は、五歳の娘を抱えて途方に暮れ、これを懸念する人の勧めもあり、すぐに静枝夫人と再婚した。再婚当時、静枝夫人にしてみれば、自分は安見子さんの乳母代わりに選ばれたのだという、やや屈辱的な思いもあったはずだ。かなり急な再婚だったこともあり、俳句の仲間たちの寄り合いで秀野を称える人々から、健吉、静枝夫人に対する強い批判もあった。これらのことから静枝夫人の秀野に対する悋気《りんき》もつのったか、再婚後、山本健吉は秀野に対する愛も想い出も彼女の文学も、その一切合切を「封印」してしまった。

だが、この辺りの健吉の心情は、同じ男性として分かる気がする。娘の育成のこともある、静枝夫人の切なさも理解できるではないか。健吉は秀野の全てを「記憶から削除」することで、娘と静枝夫人を護ろうとしたのだろう。だからお姉ちゃんは、育ての母、静枝夫人への慮りから無意識の内に自ら「あの日の記憶」を「消去」したのに違いないと僕は思っている。

秀野の晩年の句を読むとき、「裸子をひとり得しのみ礼拝す」また「芋煮えてひもじきまゝの子の寝顔」と我が子を思う母の愛と温もりがますます切ない熱を含んでくる。修羅の如く文学に生きた秀野の最晩年は、理不尽に奪われる己の命への悲しみと怒りと諦め、また棄て去りようのない強い母性と、生活苦と、命より重く愛しい娘を置き去りにせざるを得ない悲しみと怒りとが激しく交錯する作品に満ちている。

命を削って詠うにもかかわらず、それで生活することなど出来ないというところに、「俳句」という文学の凄みと高みが潜んでいるのだろうか。秀野はこれらの苦しみを経て、その短い命と引き換えに諷詠の精神性とその真髄に辿り着いたのだ。

お姉ちゃんは今でも僕が秀野の話を聞こうとするたびに、少し迷惑そうな、それでも嬉しそうな顔をする。

健吉先生を描いた『K氏のベレー帽――父・山本健吉をめぐって』(河出書房新社)を上梓して以後、お姉ちゃんは現在『ふたりの母』に取りかかっているところだ。

　蟬時雨子は担送車に追ひつけず

石橋秀野　享年三八。

昭和二二年九月二六日没。

借金・長江・胡耀邦

テレビのバラエティ番組に呼ばれると、大概、僕の借金の話になる。

さだまさしは映画で失敗し、個人で二八億円の大借金をし、金利を入れたら三五億円以上になる借金を三十数年掛けて返済したという話を、とても面白がってくれるが、多くの人はそれが「どういう映画であったか」や「映画の意味」については、ほとんど興味がないようだ。日中国交正常化直後に長江(揚子江)を遡りながら、中国人ですら観たことのない中国を日本人が撮影するということが、どれほど奇跡的なことであったかを誰も知らない。中国軍機を使った空撮まで行った。現代でも不可能なことなのである。

はじめ、その企画書を「中国のどこに届けるのか」さえ解らなかった。思えば乱暴な話だが、半年ほどかけて作った企画書を、観光旅行で北京に出掛けた父が中国中央電視台(国営放送)の郵便受けに私信を添えて投げ込むという逮捕覚悟の荒技を使った。当時、日本人の誰も、中国とのパイプを持っていなかったからだ。

すると最初の奇跡が起きた。中央電視台のトップから我が社に電話が入った。

彼は「この企画は仏・独・英をはじめとする六カ国の競合企画である」と告げ、「秘かに貴社を調査し、いかに小さな会社であるか把握している」ことを告げた後、「しかし」と言った。「貴社の企画書は他国のそれと比べて中国を知るという点で抜群に優れ、中国への愛に満ちていたのでこの壮大な企画を貴社に任せる」と。

我々は勢い込んで資金の手当てに走った。僕の会社が用意できる金額程度では不可能なことは解っていた。

僕はこの企画を、世間が思っているような「行き当たりばったり」で始めたわけではないのだ。まず在京の民放テレビ局にこの企画を持ち込んで意気投合し、「共同制作」の約束が出来た。これで制作費の一定保証を得たのだから安心だと思った。ところが数カ月後、再び中国中央電視台のトップから電話が入ったのだ。

「貴社が共同制作を予定しているテレビ局から、貴社の企画書の安直な抜粋のようなテレビ番組の企画が持ち込まれた」と彼は憤った。「この行為は当然許可できない。それればかりか、共同制作をする貴社や映画を出し抜いて一足先にテレビ番組を制作しようという、まことにもって信義にもとる裏切り行為であるから、我々は義に拠ってこの局を拒否する。直ちに縁を切り、貴社独自もしくは他社との共同作業で行わなければ許可できない」と。

頭の中が真っ白になった。

テレビ局は慌ててその企画を取り下げ、映画完成後に改めて申請することを申し出たが、中国側が頑としてこの局との共同作業を拒んだ。曰く「信義上信頼できぬ会社に、我々の懐を開くことは出来ない」と。かくして僕は中国に対して「単独で撮影をする」と約束せざるを得ず、「日本を背負って」しまったことが個人の借金に繋がったのである。

これがあの時のいきさつだ。

父の夢を実現させたいという思いが、決心の何よりの原動力だった。この企画は、ウラジオストクで生まれ、樺太《サハリン》で少年時代を過ごし、旧満州で青春を過ごした父の「中国への郷愁」から始まったようなものなのだ。

父の父、僕の祖父が陸軍省の軍事探偵時代に中国の奥地を闊歩《かっぽ》したことも、僕の中国への憧憬を育んだ。ある意味では「父と祖父の夢」を引き継ぐ映画だった。

中国を撮る上で敢えて長江を選んだのは、川が岩盤の上を流れており、上流地域は数千年間、流れを変えておらず、従って川の畔《ほとり》の生活も数千年の間維持されてきたからだ。結果、僕は、当時中国人も観たことのなかった絶景や、中国の日常生活に至るまで撮影することになる。

四川省の九寨溝《きゅうさいこう》や湖南省の張家界《ちょうかかい》など、今は世界的なホテルが建ち並び、観光客で溢れる大観光地に変貌したが、僕らの撮影当時は人っ子独りいない僻地だった。四〇年前、そこは静寂で美しく、まさに異次元の別天地だったのだ。

夜など鼻をつままれても分からないほどの漆黒の闇の中で銀河を振り仰ぐと、プラネタリウムでも観られない程の満天の星の光に満ちており、見慣れた北斗七星やカシオペアですら星々の中に埋もれてしまうようで、思わず声を失った。三国時代に詠われた長江の絶景「三峡」も長江ダムの完成で水位が六〇メートル近く上がったため、諸葛亮の「水八陣」や劉備終焉の地「白帝城」のほとんどが水沈した。これら歴史的絶景が三五ミリフィルムに残っているのは、今や僕のフィルムだけなのである。

実は一〇〇万フィートも回した。無駄も多いが奇跡的な映像もある。「ドキュメンタリーを撮る」とはそういう作業なのだ。

丁度この頃、四川省で撮影中に四人組裁判をテレビ中継で観た。毛沢東亡き後、江《こう》青《せい》ら指導部四人組が逮捕され、文化大革命の終結と批判が始まったが、驚いたのは毛沢東夫人、江青女史の演技力だった。自分がどういう立場で、どう人々の恨みを買い、どう裁かれようとしているかを知り抜いた上で稀代の「悪女」を見事に演じ抜いたのだ。これ程の名優だったかと、ため息が出るほど見事な悪役ぶりだった。

町のあちこちに「華国鋒《かこくほう》」の名を刻んだ石碑が建ち始めた頃、毛沢東派の華国鋒が党主席となったが、日和見《ひよりみ》と批判されて程なく身を退き、ここで第二の奇跡が起きた。胡耀邦《こようほう》が党主席になったのだ。チベットを解放し、反省と謝罪を口にした胡耀邦の自由への夢。

この頃僕は中国各地で、幾度もコンサートを行った。

改革開放・自由主義を目指し、中国の門戸を世界に開き、一気に自由化が始まるように見えたが、彼のやり方は性急に過ぎたようだ。指導部の不興を買い、まもなく胡耀邦は失脚したが、若者の心に途方もなく大きな自由への夢を残した。

その後、胡耀邦の同志趙紫陽《ちょうしよう》によって志は引き継がれるかに見えたが、元々は同志であったはずの鄧小平《とうしょうへい》の力によって共産党独裁へと引き返す道を選ぶ。指導部と激しい論争をした直後に心筋梗塞で急逝した胡耀邦を悼む学生達の追悼集会が天安門広場で始まったとき、その底知れない革命的エネルギーを恐れた鄧小平の指示によって遂に中国はルビコン川を渡った。これが天安門事件だ。学生の側に立った趙紫陽が失脚した後、中国は一気に共産党独裁強化へと大きく舵《かじ》を切ってゆく。

僕の青春をかけたこの映画は、改革開放・自由主義への夢が始まり、あっという間に水泡に帰すまでの、中国の青春達が観た「一炊《いっすい》の夢」の間に撮ったフィルムなのである。数十年後に、このフィルムは再評価され、中国の宝物になるだろう。そのとき、中国はこのフィルムに何を観るのだろう。ふと今、香港で抗議デモを行う青春達の瞳の輝きに、あの日の中国の青春達の瞳が重なる。

一九七九年、胡耀邦はこんな意味の言葉を残している。

「中国人民が歴史の真相を知ったとき、人民は必ず立ち上がり我々の政府を転覆させるだろう」

タロー・目が点・広辞苑

一九九八年一一月。

岩波書店の『広辞苑 第五版』に「目が点になる」が載ったとき、僕の仲間たちは一時騒然とした。

これは話題になり、その頃、編纂に携わった増井元さんが、「目を丸くして驚いたり、目を三角にして怒ったりするのだから、目が点になってもよいだろうと思う」というようなことを話されている新聞の特集記事を読んだ。

「こういう最近の流行り言葉は誰が言い出したかということまで調べるのか？」という意味の記者の問いに答えて増井さんは、「『目が点になる』は、少なくとも一九七〇年代の終わり頃には歌手のさだまさしさんの周辺で使われていたことまでは把握している」と述べている。『広辞苑』恐るべし、とまさに「目が点」になったものだ。

人がたくさん集まると必ずその集団だけに通用する「専用語」やその集団だけに流行る「流行語」のようなものが生まれるのだそうで、その言葉を作り、広めたりして仲間の言葉をリードする人物を「言語ボス」と呼ぶのだそうだ。

ギタリストの福田幾太郎は僕より二歳年上で、当時の僕のコンサートツアーのメンバー、スタッフ、三〇人ほどの若い集団の兄貴分であり、心のリーダーでもあり言語ボスでもあった。「目が点になる」は彼が漫画家どおくまん氏の人気漫画『嗚呼!!花の応援団』の主人公、青田《あおた》赤道《あかみち》が言葉を失って絶句するとき、目が小さな点で描かれるのを面白がり、仲間の誰かが驚いて声も出ない状態を「目が点々になってる」と言い出して、たちまち仲間内の流行語になった。

この頃、まだ全国的にブレークする前の笑福亭鶴瓶さんが関西でのコンサートの楽屋にちょくちょく遊びに来ていて、僕らの流行語「目が点になる」をとても面白がった。彼の東京進出と同時にこの言葉は東京の芸人たちに広がり、彼らによってテレビに持ち出され、あっという間に世間に広がり流行語になった。それは一九八〇年代の半ば頃よりも後であったと記憶している。

その言い出しっぺの福田幾太郎は無念にも一九八三年に交通事故で急逝している。まさか「タローちゃん」の言い出した言葉がやがて広辞苑に載るなどとは、本人もさぞや驚いているだろう。僕は嬉しくて『広辞苑 第五版』を何冊も買い込んで仲間に配った。

思えば「タローちゃん」との出会いは鮮烈だった。

僕がソロ活動を開始する直前にライブのためのバンドを編成することになり、友人のつてで「福田幾太郎」というロックギタリストに参加を依頼した。彼はジェフ・ベックに憧れているヘヴィ・ロックギタリストだったので、「精霊流し」を歌っている歌手のバックバンドで弾くことは「楽しいこと」ではなかったと思う。

リハーサル初日の彼のプレーは、まさに「仕事として受けたのだから責任を持ってやる」けれども心の中では「嫌々」なのだということは、音楽家同士なら音ですぐにわかった。少し傷ついた僕は、帰り支度をしているタローちゃんにつかつかと歩み寄り、出来上がったばかりで発売前の初のソロアルバム『帰去来《ききょらい》』のコピーのカセットテープを半ば喧嘩腰で彼の胸に押しつけ、「僕はこういうことをやっています。明日までに聞いてきてください」と言った。

気が重かった。あのロックギタリストが僕なんかのステージバンドでやってくれるのか、またそれがお互いのストレスにならないだろうか、とその晩はあまり眠れなかった。

ところが驚いたことに二日目のリハーサルの日、福田幾太郎は一時間以上も前に僕以外に誰もいないスタジオに現れ、僕を見つけるとまっすぐに僕のところへ歩いてきた。「俺、降りるわ」と言われるのも覚悟して緊張して身構えると、彼は近づいてから片側の頬だけで下手くそな笑顔を見せた。「僕さ、君のこともグレープのこともよく知らなくてさ」と言い訳をするように口の中で小声で言った。

それから「昨日貰った新しいアルバムのテープ聞いた。それから昨日、グレープのアルバムも全部聞いた」と鼻の頭を人差し指で掻いた。

「ごめんね。僕、君のことをよく知らないくせに誤解してた。これから一所懸命やるから、どうぞよろしくね」

右手を差し出し、僕と強い握手をしてからやっと優しい笑顔になった。まさにその言葉通り、以来、彼はバンドリーダーとして僕のステージを必死で支えてくれた。

ステージトークで僕が気になることを言うと、その晩、酒をあまり飲めないタローちゃんが必ず僕の部屋に来た。「今日のあの発言は君らしくなかった」とビール片手にいつも穏やかにたしなめてくれるのである。アルバムを作ればじっくりと聴き込んで、「君はこれでいいと思う」と常に良いところを探し出して褒めてくれた。彼の実弟、福田郁次郎がベーシストとして加入して以来、バンドの心も強くまとまり、タローちゃんはステージの支えになった。

一九八三年の秋、デビュー一〇周年を迎えた僕は大阪・名古屋・東京と、それぞれの街で七日間通して毎日違う歌を歌うという大変な記念コンサートに挑んだ。

「雨やどり」は軟弱だ、「関白宣言」は女性蔑視だと、ヒット曲の度に世間に叩かれることの多かった僕だが、タローは常に僕を庇《かば》い勇気づけ、批判を笑い飛ばして僕の心を支えた。まさに心強い兄貴だった。

大阪フェスティバルホールでの打ち上げのときのことだ。

メンバー、スタッフの他、東京から来てくれた音楽評論家や音楽記者たちでごった返しているパーティの中をすり抜けて僕に近づいてきたタローちゃんは、片手に缶ビールを持ち、もう赤い顔をしていた。そして不器用な笑顔で不意にこう言ったのだ。

「夕べも朝方まで評論家連中と君のことについて話をしたんだけどさ」それからまずそうにビールを口に含み「やっぱり君のことを一番理解しているのは僕だね」と言った。僕がきょとんとしていると不意に照れくさそうな顔になって、「まあ、そんなこともないだろうけど、万が一、君が世界中を敵に回しても、僕は君の味方だから」そう言うなり、くるりと向こうを向き、振り返りもせず騒ぎの中へ消えていった。

一〇月二四日の夜だった。

そうしてその日からわずか九日後の一一月二日、タローちゃんは突然交通事故でこの世を去った。

「君が世界中を敵に回しても、僕は君の味方」

これ程強いエールを僕は知らない。この僕の宝物のような言葉を誰かに伝えたく、この強いエールを誰かのために残したくて、僕はその後「デイジー」という強いラブソングを書いた。以後、世の中に批判されたときも、借金苦で悩んでいるときも、悲しいときも苦しいときも、彼のこの言葉に支えられて僕は生きてきたのである。

そうして今でも、見知らぬ誰かが「目が点になる」と言っているのを聞く度に、照れ笑いのタローちゃんが僕の前に現れるのである。

タローちゃんは今『広辞苑』の中に棲んでいる。

生命・アフガン・花と龍——あとがきにかえて

『図書』連載最終回二〇一九年一二月号に、ギタリストの兄貴分、福田幾太郎と「目が点になる」そして『広辞苑』のことを書き上げた直後のこと。幾太郎の弟であり、兄亡き後、長年、僕のステージバンド亀山社中のリーダーとして活躍してくれた同い年のベーシスト、福田郁次郎が病没した。彼の誕生日の少し前のことで享年六六であった。

郁次郎は僕のヒット曲「関白宣言」の編曲者の一人でもあり、まさに戦友、盟友だった。

テニス、ゴルフ、ドライブと、お互いに若かった頃は様々一緒に遊んだものだ。僕の借金苦の中、バンドのギャラの支払いに苦しむ中でも笑顔を絶やさずバンドをまとめ、ライブ活動に支障の無いように気を配った、僕の味方だった。面倒見が良く、腹芸の出来る好人物で、渋谷で楽器店も経営していたから、今人気のバンドにも、彼の「弟子」のミュージシャンが大勢居る。

彼の死で、僕は自分の人生の中で出会った素晴らしい兄と弟を二人とも失ったわけで、この痛手は僕にはとてつもなく大きい。

ただ、四国でのコンサートのため、彼の通夜、葬儀どころか、彼の死に目には会っていない。逆に言えば、つまりそのお陰で彼はまだ依然として僕の中に生き続けているわけなのである。

一〇月に病室を見舞ったときには痩せてはいたが声も強く元気で、目を輝かせて昔のライブ音源を僕に聞かせた。「兄貴も、山本もみんな良いでしょ？　ピアノも弦も素晴らしくて、これが何故ライブ盤にならなかったのかな？　これ一度、是非聞いてね、すぐに送るから」と言った。残念ながら、そのライブ音源を僕に届ける前に郁次郎が亡くなってしまったのが無念だ。

僕らの年齢、六〇代半ばを過ぎれば自然の病によって同い年の仲間が奪われてゆくし、そうでなくとも生きていれば先輩や仕事場の同僚の無念の、或いは避けがたい死に直面することも多く、少しずつ自らの命や死についても何かが見えてくるような所がある。

二〇一九年もこうして様々な死と向き合う年になった。

生きていれば必ずいつか死を迎えることは分かってはいても、突然に襲いかかってくる災害や事故、まして事件によって奪われる尊い命の痛ましさは別のものだ。殊にアフガニスタンに於ける中村哲医師の死は僕の魂に応えた。

中村哲医師と直接の面識は無い。しかし、故郷長崎に於ける「ナガサキ・ピースミュージアム」の建設と、建設後の維持の為に行っている「貝の火運動」の一環として、かつて中村哲医師に講演を依頼し、快く引き受けていただいたことがあった。そういう経緯もあり、実はこの正月、思い立って中村哲医師の伯父にあたる火野葦平が書いた、中村医師の祖父母、玉井金五郎、マン夫妻の物語『花と龍』(岩波現代文庫)を読み返した。

明治・大正・昭和に亘る任俠とその妻の壮絶な人生が描かれているが、正義感と仁義を貫き通そうとする主人公金五郎と、その妻マンのいじらしい愛と愚直で一徹な姿は、中村哲医師の情熱的で一途な生き方と重なり胸が熱くなった。

『花と龍』は北九州若松の町の石炭仲仕達の人権と生活を守る為に命を賭けて取り組んだ夫婦の明るく、凄絶な物語だ。石炭景気に沸く当時の若松港が活き活きと描かれており、港湾荷役労働者の側に立った苦労と、世の中では常に支配階級であり続ける資本権力者との葛藤、その心の戦いの記録でもある。

余談になるけれども『花と龍』を読んでいるうちに、ふと僕の母方の曽祖父、岡本安太郎を想った。

「くんち・半ドン・初飛行」で少し触れたが(一六ページ)、僕の曽祖父岡本安太郎は明治から大正期の長崎の港湾荷役労働者、いわゆる「沖仲仕」をまとめ、生活の向上に懸命に寄与した岡本組の親方であると同時に、長崎で一番の廻船問屋、天草屋の主人であった。今でも市内の浄土宗寺院大音寺の山門を潜ってすぐの所に「岡本安太郎翁の碑」という随分大きな個人顕彰碑が建っている。そこには安太郎は長崎の為に懸命に尽くした人であると書いてある。

当時のことは詳しくは分からないが、曽祖父はまさに『花と龍』の玉井金五郎の如く、あれこれともめ事に巻き込まれては逞しくくぐり抜け、人々に押し上げられて一家を為した人物らしく、ヤクザ同士の喧嘩になると警察から仲裁を頼まれたという。その後で双方の当事者を自宅へ呼び、警察も交えて和解の宴を張ったというから大した人物だったろう。町のヤクザも押さえ込むほどの顔役であったらしいから、昔風の「大侠客」のような存在だったようだ。

一方、その安太郎の長男為吉は、鉄火な家業を嫌って音楽に邁進し「岡本天南」の号で明暗流九州支部長として君臨したが早世している。祖母も筑前琵琶の名人と呼ばれた人であったが若くして亡くなった。夫婦して音楽に明け暮れたため、家業は一代で傾いたようだ。その為吉の、下から二番目の娘が僕の母喜代子である。

こういう鉄火な血筋ということもあって中村哲医師には一方的に奇妙な親近感を抱いていたのであるけれども、勿論のこと、僕とはそもそも「人間の出来」が違う。

我々は自分の命を護るのに汲々として、その小さな人生を悪あがきしながら過ごすのであるけれども、中村哲医師は、他国の、しかも見ず知らずの他人の為に自らの医業を投げ捨てて治水、灌漑、そして生産農家普及を通じてアフガニスタン人の生活の向上に、平和に貢献しようとした。その偉大な魂には頭を垂れるのみである。

残念ながらアフガニスタンの内乱が生む矛盾した暴力によって、その尊い命を奪われたことになるが、大統領が先頭に立って棺を担ぐ姿は強く胸に響いた。

もっともご本人はこの壮絶な死を、少しも恐れてはいなかったろう。

「一〇〇の診療所より一本の水路」

中村哲医師がアフガニスタンの平和のために一途に為したことは「診療」ではなく農地開発であった。物事の本質を見抜くだけで無く、そのことを実現するために己の命を捧げることの尊さを強く慕う。

こういう人物が実は沢山存在する。僕と一緒に「風に立つライオン基金」を始めてくれた鎌田實医師はイラクで農業活動支援を行っている。中村哲医師の後輩、川原尚行医師はスーダンの僻地医療に生命をかけている。公文和子医師はケニアで子どもの命を守って闘っている(一〇六ページ)。数え上げれば語り尽くせないほど多くの素晴らしい日本人が、今日も外国で頑張っているのだということを伝えるのは僕のような者の使命だと思う。また、それを歌うことが僕の残り少ない小さな生命の使命だとも思う。

今年は中村哲医師を思いながら僕なりの小さな歌を歌おう。

僕のささやかな音楽の証になろう。

＊　＊

本書の成り立ちについてご説明する。

岩波書店の雑誌『図書』の二〇一八年一月号〜二〇一九年一二月号まで連載した「さだの辞書」を再構成し「生命・アフガン・花と龍」を追加し、手を入れてまとめたのが本書だ。

『広辞苑　第五版』の編集に携わられた増井元さんとの出会いについては「タロー・目が点・広辞苑」に書いたとおり。それで増井さんに、僕のファンクラブ「まさしんぐWORLD」会報上での対談をお願いしたのが二〇一四年。このときに同席された岩波書店編集部の大山美佐子さんが、しばらく後に「歌詞の生まれる秘密やこぼれ話を『図書』に連載しませんか」とお誘い下さったのが連載のきっかけだった。

憧れの「岩波書店」の『図書』に連載とは大感激で、二つ返事でお引き受けした。最初に「さだの辞書」というタイトルのご提案をいただいたときには少し戸惑った。岩波で「さだの辞書」は畏れ多いと思ったからだが、大山さんの強い要望で僕が折れた。

どういう随筆にするか迷ったが、気づいたら「三題噺」になってしまったのはまあ、僕らしいのかなと思う。

寝る時間を惜しんで二年間書き続けた連載の一つ「飛梅・詩島・伊能忠敬」が、日本文藝家協会編『ベスト・エッセイ２０１９』(光村図書出版)に採用していただいたこともあった。二年間の長い間に我が身にも様々なことが起きたからか、連載が終了したときは「連載ロス」の寂しさに襲われたけれども、こうして本の形になったのがとても嬉しい。沢山の人に読んでいただけたら幸せだ。あ、でもまだ少し淋しい。

二〇二〇年三月

さだまさし

コロナ・ライオン・ウクライナ——現代文庫版あとがき

二〇二〇年。連載「さだの辞書」を終えた直後、新型コロナウイルスの襲来によって突然日本が止まった。

僕達の仕事も二月半ばには全てのコンサートが出来なくなり、スケジュール帳には赤文字の「中止」が並んだ。コンサート会場に大勢の人が集まればクラスターとなり急激に感染者を増やす怖れがあるからだ。

また、急激なコロナの蔓延で次第に医療品が不足した。我が「公益財団法人　風に立つライオン基金」の理事長古竹孝一の親族が勤務する聖路加国際病院でも医療用のN95マスクが欠品しそうで、安全な医療への不安が増しているという情報が入って絶句した。

東京でも名高い大病院でマスク不足となれば、これは既に「医療崩壊」ではないのかと、じわりと恐怖がにじり寄る。それで、これまで海外で活動する医療者の支援の他、災害地への支援を行ってきた「公益財団法人　風に立つライオン基金」は、このコロナ災害のために「何かをするべき」と決意することになり、評議員の鎌田實先生(長野県茅野市在住)との作戦会議を始めた。

財団に寄せられた寄付金から、まず医療用マスクを購入して物資不足の病院に送るという支援を始めてみて驚いた。物が不足すれば値が上がるのは世の常だが、高くても一枚二二円ほどで手に入った一般用の不織布マスクでさえこの頃にはなんと一枚八八円迄高騰していた。それでも必死でマスクを購入し、鎌田先生と僕の直筆のエールを添え、日本中の困っている病院へ送った。

コンサートは中止が続いたが、スタジオでのレコーディングは感染に気をつけながら作業を続け、三月末にはアルバムが完成した。

丁度その頃、僕の故郷長崎に停泊していた観光客船コスタ・アトランチカ号にクラスターが発生した。

手当に入った長崎大学の先生方と、国際医療ボランティア「ジャパンハート」から我が財団へ応援要請が入った。財団所属の医師を派遣できないかというのだ。

そこで鎌田先生の弟子で、財団に所属してくれた奥知久先生がすぐに長崎に入って支援を行ったが、この時の奥先生の経験は後に大きな実を結ぶことになる。

「緊急事態宣言」が発出されたのがこの頃のことだった。

毎日のように行っていた財団のリモート会議で、このまま進めば我々が最も恐れていること、即ち福祉施設がクラスターになることで福祉崩壊が始まったら日本全体が崩壊に及ぶという話になった。

それを防ぐため、奥先生を中心に財団所属の医師や看護師を福祉施設に派遣してコロナ対策の勉強会を行った。この年七三回を数え、オンラインを含め五九八施設と一四七三名が参加して、素晴らしい成果をあげた。勉強会に参加した施設ではクラスターが発生しなかったのだ。

こうして財団はできうる限りの活動を行った。感染症の専門医ともお陰で親しくなり、何が怖く、何が安全であるかを僕らも懸命に学ぶことが出来たのだった。

それで二〇二〇年秋、僕はコンサートツアーを再開することにした。

何を怖れ、何を護れば良いのかを学んだお陰だ。昔から僕は「世の中が不幸になれば音楽は止められてしまう」と言ってきた。だからこそ自由な音楽は「平和の象徴だ」と。一刻も早く止められた音楽を生き返らせたかったのだ。

九月一日、七カ月ぶりのステージ。ウェスタ川越(埼玉県)は定員の四割ほどしか収容してはいけないというルールで始まった。もちろん赤字覚悟だ。

しかし開演の時の拍手は普段の倍ほども大きく強く、僕はステージ上で危うく泣きそうになった。

七カ月の間、沈黙を余儀なくさせられてきたスタッフもバンドメンバーも実は皆、この拍手で泣いた。

この年は我々以外の誰もコンサートツアーを行わなかった。それは当たり前だろう。収容制限があり、ペイ出来ない興業を行う人などいる筈がない。定員の半分以下しか収容できないような赤字ツアーを行うのは僕らだけだった。

お客様も感染が怖くて会場に出掛けるのが怖い。当然のことだ。意地を張ったのではない。コロナに負けたくなかったのだ。

お客様が半分しか入れられないといえども、コンサートのクオリティは絶対に下げない。その辺は意地もあったろう。どうあれ「素晴らしいコンサートをやろう」が我々の合い言葉だった。

お医者に検証して貰ったこともあり、コンサート会場での感染者は一人も無かった。僕は翌年もコンサートツアーを続けた。だが、苦しい状況は翌年も続き、ようやく三年目にあたる二〇二二年になって観客制限が解かれ、コンサート活動を再開する仲間も出てきた。

僕のコンサートにも人の中に出るのが怖かったお客様が少しずつ戻り始めた。

ようやく音楽が再び動き始めたその頃、次の衝撃に襲われた。二月二四日に突如としてロシア軍がウクライナに侵攻した。七〇年前の戦争を目の当たりに見せられて言葉を失った。人類はまことに愚かだ。

二〇一四年の「クリミア併合」以後、ウクライナ東部の国境付近での戦闘や攻防を知ってはいたが、まさかこの時代にこういう形で戦争が始まろうとは思いも寄らなかった。

ロシアは奪った土地を独立国として一方的に承認し、ウクライナ全土を手中にすべく戦いを続ける。はじめはすぐに降伏すると思われたウクライナの粘りによってこの戦争は二〇二四年春には丸二年を迎えようとしている。支援を続けるＮＡＴＯに疲れが見え始め、アメリカは遂に劣化ウラン弾を提供すると言い出した。劣化ウラン弾は間違いなく核兵器の一つだ。盗まれた領土を取り返すというウクライナ人の正義の戦いはこうして輪郭から汚されてゆく。

「もしも取り返されたら」とロシアは言う。「核兵器使用をためらわない」と。

どこまでが脅しでどこまでが本気かは解らないが、もはや心根は来るところまで来た、の感が否めない。

長く続く戦いに飽きた世界の人々には、「どっちが勝ちでも良いからもうやめたら？」という気配さえ見え始めた。疲れに倦《う》んで「放念」の境地に至ったようだ。

勿論、核戦争が起こらないという保証はない。誰かがボタンの一つを押したら、パニックになった人々は全てのボタンを押すだろう。それでふとネヴィル・シュートの名作SF小説『渚にて』を読み返してみた。

電子書籍で手に入ったものが創元SF文庫で二〇〇九年に新訳された作品だったので、青春時代に読んだものとは少し印象が違ったのはその故だろう。核戦争が起こって北半球の人類が死滅し、放射能が赤道を越えてゆっくりと南半球に下りてくる。物語の舞台はオーストラリアの南にあたる大都市メルボルン近郊で「やがて我々は皆死滅する」ということを誰もが理解し、日常の生活を守りながら粛々とその日を迎えるという哲学的なテーマの物語だ。

明確な主人公は存在せず、登場人物の一人一人が黙々と日常を護り淡々と死に臨む姿が胸に痛い。世界の指導者に是非ともお読みいただきたいこの名作が一九五七年に書かれたことに驚く。僕は五歳、キューバ危機の五年前のことである。当時は核戦争というものが、かなり緊迫感を持って迫っており、生命の重さが希薄な時代だった。

今、ウクライナ軍が何百ヘクタールを取り戻した、とか、この戦闘で少なくとも数千の兵士が死んだ、などと当たり前のように報道されるけれども、そこでは確実に誰かが実際に死んでいるのである。

生命の重みで言えば、二〇二〇年三月の志村けんさんのコロナ感染による死の衝撃が、もう日本人の胸には残っていないのか、と悲しくなる。

生命への価値観はあっという間に変化し、一人の生命の重みですらあっという間に変化する。

昔、新国劇の島田正吾さんが語った殺陣についてのエピソードを思い出す。

新国劇の芝居で島田さんの殺陣を見た師匠の澤田正二郎さんから「どうしてお前はそう気持ちよさそうにバッタバッタと人を斬るんだ？」と言われた。自分は主人公だし相手は悪役なのだから、それは当たり前のことだと思っていたが、澤田先生は「たとえ芝居といい、たとえ悪人といえども、その人間にも母親がいるだろう、もしや惚れた女の一人や、家族や子どもの一人だってあるかもしれない。お前はそういう「人の生命」をここで絶つのだ、という覚悟を持って斬っているのか」と聞かれたという。

島田さんはそのときに「人の生命」について深く考えた、と語った。

芝居にしてそうなのだ。たとえ戦争にまきこまれても実際の生命と向かい合ったとき、人はそう簡単に人の生命を奪うことができるものではないと思う。多分その時、人は自分の心を殺し、それから相手を殺すとしか考えられないのだ。

そこへイスラエルとハマスの戦争の知らせ。胸ふさぐ思いだ。

僕は音楽家だから人を銃で撃つことはしてはならない。もし人に向かって銃を撃てば僕が今まで作った歌は全て嘘に還るだろう。歌は全てが反戦歌だと信じているからだ。

では銃を撃てない僕は大切な人の生命を護る事が出来ないのか。これがこの一年半の悩みだった。だがどれ程考えても銃を撃たずに人を護る方法はたった一つしか見つからなかった。

それは「戦争をしない」ことに尽きる。

戦争をしないために何が出来るのか。

これが残りの人生に於ける僕の新しいテーマなのである。

さだまさし

二〇二三年一〇月

解説　作戦・ざぶとん・大丈夫

春風亭一之輔

私に「さだまさし」の著書の解説文の依頼がきた。

一二歳上の姉のラジカセの脇にはインデックスに「さだまさし」と書かれたカセットテープが並んでいた。平仮名なので保育園児の私でも読めた。荒井由実や小田和正は読めなかったけど「さだまさし」は読めた。子どもが読める時点で「さだまさし」の作戦勝ち。たしか四歳くらいから「さだまさし」と口に出して言ってたはずだ。私にとって「さだまさし」は子どもの頃からずっと馴染みのある名前。だけどというか、だからというか解説文が私で本当によいのだろうか？

とにもかくにも依頼がきたのは事実。ある日、岩波書店のSさんから私の仕事用アドレスに超長文の依頼メールが届いた。Sさんは熱い。メールの冒頭は自分が最近聴いた私の落語の感想。まるでそれはマクラのようで、これから行く予定の落語会、それがとても楽しみなこと、こんな演目を聴けたら嬉しいがそれは急には叶わぬことだろうからいつか出会えるその日が本当に楽しみなこと……などなど熱い筆致で書き連ねてあった。本題はいったい何？　と思うくらいにSさんの筆は絶好調。最後に解説文の依頼と、色よい返事を期待して待っている旨が書いてあった。あー、そういうことか。お終いまで読んでメールの趣旨がやっと分かった。

とても嬉しい……けど、ちょっと怖い。そしてものすごく断りにくい。意図的ならば、まさにSさんの作戦勝ちだ。「さださんはこの事をご存知なんですか？」と聞くと、「もちろんです。さださんも楽しみにされてます」とこっちが確かめようのないコトを言う。そこまで言われたら、もう断れない。でもなぁ。「解説」なんてたいそうなことは無理なので、『さだの辞書』を読んで私なりに思い出したことをつらつらと書いてみる。やっぱりあの日のことかな。

初めてさださんにお会いしたきっかけは本書の「落語・武道館・返歌」の項にもあるが、東京・神保町にある「らくごカフェ」だ。らくごカフェの主宰・青木伸広氏はフリーライターでさださんの國學院高校落研の後輩。知り合いの紹介で私が初めてらくごカフェに行くと、さださんのサインが入った大相撲で土俵を回るような懸賞幕が飾ってあった。なぜ懸賞幕？　青木さん曰く「年越しの国技館公演のチャリティ企画でね。協力するとそれが寄付されて直筆サイン入りでもらえるんですよ」「へぇ……

ところでなんでさださん?」「実はですね……」

青木さんは自分とさださんとの関係をツバを飛ばしながら私に話し始めた。青木さんは髭面の小太りで私より五、六歳年上。愛嬌があって人当たりは良いが、時折目つきは鋭く、パーパー陽気だが、パッと見ちょっと胡散臭い。あまり他人を信用してなさそうな、そうでもないような……ようはクセはあるけど付き合ってみると面白いかもしれない、そんな人だった(結果、やはりそんな人だった)。そのとき青木さんはさださんを「佐田先輩、佐田先輩」と呼び、國學院高校落研の密な信頼関係が感じられ、話の端々から落語を愛しているのもよくわかった。

青木さんと話していると、連れてきた私の長男(当時三歳)が出来たばかりの高座の座布団に座っている。この画が実によかったので思わず写真におさめた。座布団にものおじせず座って笑ってる我が子を見た瞬間「ここで落語をやったら楽しそうだな」と感じた。扇子を渡して息子に蕎麦を食べる真似をさせてみんなで笑ったり、お菓子をもらったり、なんだかんだで「これからよろしく」なんてなことでその後、私は〝らくごカフェに火曜会〟のメンバーとなり、青木さんとらくごカフェと私の付き合いが始まった。

以来、らくごカフェでは沢山の会をやらせてもらっている。続いてる会もあれば終わってしまった会もあるが、らくごカフェ主催の若手の会〝火曜会〟とその〝OB会〟、フリートークを稽古する会〝裏真一文字の会〟、上方の桂紅雀師匠との会〝春紅亭〟、同期だった故林家市楼さんとの会〝いちいちうるせえ〟、落語好きのお客さんが自分の知り合いを呼んでくれてシークレットの会を開いてくれたり。コロナ禍では寄席が閉館してしまったので、私がトリをとるはずだった二〇日間、らくごカフェから落語の生配信をしたこともあった。

らくごカフェはキャパ五〇名、お客様との距離が近いので、ミスをしたり言い淀んだりすれば全員に分かってしまうという勉強会にはぴったりの場所だ。小規模ゆえ予算の都合で前座さんを頼めない会は、二ツ目や真打でも自分で高座返し（座布団やメクリを返す仕事）をする。出来の良くない高座のあとに、自分で座布団を返すときはとても決まりが悪い。恥ずかしい思いで袖に引っ込むと、あとの演者の調子の良い落語が間近から聞こえてきたりして「あぁオレはまだまだだな……」と否応なく思わされる。ここの高座はいつも勉強の場だ。

二〇一一年に私の真打昇進が決まると青木さんが言った。「後援会つくりませんか？」「大仰だなぁ」「いや、何かの時にいつも味方でいてくれる人は大切ですよ！出来ることがあれば手伝うから！」青木さんの詐欺師っぽい口調に乗せられてすぐに

〝春風亭一之輔後援会〟が立ち上がった。後援会長はカフェの御常連で大の落語ファン、そしてまるで偶然なのだが私と同郷のMさん。縁を青木さんがつなげてくれた。

ここだけのはなし、私が「座布団の数を競いあう落語家の番組」のレギュラーを打診されたときも青木さんに相談した。カミさん以外に意見を聞いたのは青木さんだけだ。スタッフからは「極秘」と言われていたが、どうしても青木さんの意見が聴きたかった。「ほー！　とうとうきましたかー。いやー、アリだねー！」アリな理由は忘れたが、迷いに迷った末に青木さんの山師っぽい口ぶりに半分乗せられたのは事実だ。私も乗せてもらいたかったのかもしれないが。

話はもどって、本書にもあるように私が初めてさださんとお会いしたのはらくごカフェ一〇周年の武道館公演の日。二〇一九年二月二五日だ。

日本大学芸術学部の落研だった私は一年の時に春風亭小朝師匠の武道館独演会を客席で聴いている。まだまだ落語ブームなど微塵もない頃に客席は超満員だった。最上段の遥か遠くから見た座布団はとても小さく感じられ、音響技術は今より良くなかったかもしれないが、凄い舞台に立ち会ったんだな、という高揚感で、帰りは九段の坂を降りた記憶がある。ちなみに帰宅してテレビをつけると、東京ドームで行われた格闘技イベントPRIDE.1で高田延彦がヒクソン・グレイシーに負けたことを知った。

二つの世紀のビッグイベントが同じ日だったのだ。どちらをとるか落研メンバーで揉めた末、多数決の結果、小朝四票、高田四票、と同数。某先輩が「高田は多分負けるから再戦するだろうが、武道館での落語会は今後もうないだろうから小朝にするべし」との力説で武道館に向かったのだった。

その先輩の言うとおり高田は負けたが、もう一つの読みは外れた。二五年経って再び武道館で落語会が開催されることになったのだ。〝火曜会〟の打ち上げで「一之輔さん、第一部の最後に落語やってください！」とツバを飛ばしながら青木さんが言った。「他の若手のみんなは？」「余芸を披露する方向で」「オレだけ落語？」「ま、余芸感覚でどーすか？（笑）」「オイ！」「ま、一之輔さんなら大丈夫っしょ！　ちょっと広いけどね（笑）」軽いんだよな、青木さんは。

青木さんいわく、第三部は立川談春師匠とさださん。第四部は立川志の輔師匠とさださん。落語をやるのは志の輔師匠と談春師匠と私。まさか、自分が春風亭小朝の次に武道館で落語をやる噺家になるとは！　戸惑いもあるが、単純に嬉しかった。カミさんに告げると「でも大丈夫なの？」と心配している。「あんな広い会場でちゃんとお客さんに聴こえるの？　歌なら分かるけど落語だよ。なに（演目）やるの？」「まだ考えてないけど、なんかやるよ。大丈夫だろう。広いったって、オレ小朝師匠の独演会行ったことあるし」「どうだったの？」「あんまり覚えてないけど」「覚えてないの？」「なんか凄い場に居合わせたなぁと……あと同じ日に高田が負けた」「はぁ何それ？　まぁ気楽に頑張って！　楽しんでね！　大丈夫大丈夫!!」自分で「大丈夫なの？」って聞いたくせに。軽いなぁ、うちのカミさんも。

持ち時間は約一五分。お客様は八〇〇〇人、既に完売。客層は落語ファンも来るだろうが、さださんのファンもかなりの割合を占めるだろう。落語には理解があるだろうけど、私のことなど知らない人がほとんどかな。対策……してもしょうがないかと、当日まで考えるのをやめた。

あっという間に落語会の当日がきた。九段下駅を出て靖国通りを上り、武道館を目の当たりにしても、どうも実感がわかない。ホントに自分がここで落語をやるのか？　迷路のようなバックヤードをさ迷いながら楽屋入りする。見知らぬスタッフの数がやたらと多い。らくごカフェは青木さんと渡辺店長と他数名で回しているが、武道館公演のためにステージ系のスタッフを雇ったのだろう。きびきびとしたスタッフさんに案内され、ステージに向かった。

「うわ」思わず声が出た。ミュージシャンはこんなところで歌ってるのか。最前列まではるか遠く、おまけに柵まである。スタンド席の最上段を見上げると首が疲れる。

ビルなら何階建くらいあるのだろう。「よかったら喋ってみて下さい」と促され座布団に座る。「えー、本日はらくごカフェ一〇周年。ここ武道館で一席申し上げます!」「いかがですかー?」と音響さん。いかがもなにも、客が入ってみないと皆目見当がつかない。客席に降りてみた。アリーナ席からスタンド席へ一周していると後ろから「大丈夫大丈夫、問題ないでしょう」と声を掛けられた。

あ、さだまさし。「音響は僕のスタッフだからちゃんと聴こえますよ」「あ、いや一之輔です! 今日はよろしくお願い致します!」「どうも、さだです。すいませんねぇ、短い時間しかとれなくて。楽しみにしてます」みたいな会話だっただろうか。さだなさんと言葉を初めて交わして、ようやく私は武道館にいるのだなという実感がわいてきた。遅すぎるけど。

志の輔師匠は「八五郎出世」、談春師匠は「紺屋高尾」を口演するという。ともにお二人の十八番の人情噺。何をやろう。あとでたっぷり人情噺が控えてるなら、一五分間爆笑させ続けたい。「じゃ「堀の内」かな」と青木さんに告げると「いーねー! やっちゃってくださいよっ!」との返答。それが三日前のやりとり。でも当日になっても私はまだ決めかねていた。寄席芸人は案外そんなもので高座に上がる直前やマクラの最中にネタを変えるなんてことがある。ま、いざとなったらやり慣れた「初天神」かな……なんて考えてると、しだいに普段ならありえないことが起こり始めた。激しい胃痛。鷲掴みされるように胃が痛い。「顔色悪いけど大丈夫ですか？(笑)」「大丈夫じゃねえっ！……いてて」後輩と何回かそんなやりとりを繰り返す。私はこんなに繊細な人間だったのか。一番太鼓で開場。しだいに客席が埋め尽くされていく。いてて。開演五分前の二番太鼓。いててて。いよいよ開演。さださんと青木さんのオープニングトークで幕が開く。さださんはもちろん、青木さんも人前で喋る商売じゃないのに客席を沸かす。いてててて。ここからは火曜会メンバーの余興大会。終わった順に晴々とした顔で舞台を降りていく。いてててて。ちくしょう、羨ましい。まだネタが決まらない。もうよく分からなくなってきたのでこう作戦を立てた。お客様の拍手の量に自分が驚いたら「堀の内」。そうでもなかったら「初天神」。そうしよう。しくじったら、頼んだほうが悪いんだ。

気づくと私の出囃子《でばやし》が鳴っていた。「では勉強させていただきます」高座までの距離がやたらと長い。ものすごい拍手。座布団に座る。お辞儀をする。また拍手。もういいよ、というくらい。マクラを振る。たしかな笑い声。これだけ広いのにタイムラグが無い。凄い音響だ。これは大丈夫か。ちょっと落ち着く。見渡す限り人人人。もういいや、なるようになれ！とばかりに「堀の内」に入った。笑いが前から下から、そして頭上から。八〇〇〇人の笑い声は身体に悪い。噺は進む。笑い声は渦をまく。胃がどんどん痛くなる。また笑い声。ちょっと気持ち悪くなってきた。ウケてるのになんでだ？　身体はもう早く終わりたいと言い始めたが、頭の中は楽しくてずっと喋っていたい。「勘弁して！」「サイコーです！」「やめさせてください！」「ありがとう！」と、心の声がグチャグチャのまま、登場人物は喋り続ける。こんな高座は初めてだ。終わるとまた拍手。もう許してください。

「ね、大丈夫だったでしょ？」バックヤードでさださんが言った。「勉強させていただきました」と返したが、全然大丈夫じゃないですよ、さださん。武道館で落語は大丈夫なのは十分にわかったけど、自分の「身の丈」がまだそこまでいってなかったのがよく分かった。凄く嬉しいけれど、とてもガッカリし、爽快感とともにモヤモヤ。なんなんだ、この感情。

クタクタになった私は舞台袖で、両師匠とさださんの噺と歌とおしゃべりを、おそらく一番近くで味わった。なんだろう、あの御三方の武道館という小屋に歓迎されているかんじは。確実に武道館は、私にウエルカムじゃなかった。「キミやれんの？」という武道館の懐に無理矢理飛び込んでいって「まぁやれるだけやってごらんよ。あ、そんなもんか」と軽くあしらわれたかんじ。「あぁオレはまだまだだな……」やはりらくごカフェの高座は武道館でも勉強の場だった。でもあの日のあの高座があってから、もう大抵のことには驚かなくなったような気がする。いつかあの武道館に歓迎されるような「身の丈」になれるのだろうか……。

あれからもう五年が経ち、岩波のSさんから『さだの辞書』文庫本の解説文の依頼がきた。とりあえず青木さんに相談。「オレでいいのかね？」「そりゃアリでしょ！　とりあえず談春師匠に報告しておいたら？」すぐに談春師匠に電話。「おぉ、よかったね。いいんじゃない」トントンと外堀が埋まってしまった。原稿を書くべくあたまを抱えながらあの武道館のことを思い出していると、数日後、談春師匠から電話があった。「さださんが大晦日の年越し国技館で「芝浜」やってほしいって。スケジュール空いてる？」ふさがってるわけがない、大晦日だもの。「……はい、空いてます」「ありがとう。じゃそう伝えます。武道館と国技館、両方で落語やるのは今のところオレとキミだけだな」……余計なことを言うお方だ。調べてみたら、国技館は四方向に一〇五〇〇人。マジか。カミさんに伝えると「すごいねー。ま、武道館もやったんだから大丈夫大丈夫！」軽いねぇ、今度もちょっとは心配してくれよ。

二〇二三年の大晦日。さださんと直接お会いするのはまだ三回目なのだ。それなのにけっこうな出会いと試練をさださんから与えられている気がする。

さだまさしファンの姉にその話をすると「観に行くからチケットとれない？」だって。いいよ来なくて。「お前じゃない。さだまさしを聴きにいくんだよ」そらそうか。「ところで落語は大丈夫なの？」大きなお世話だ。「せっかく大晦日に「芝浜」聴くんだからしっかりね」だと。うるせえやい。

青木さんに「次は国技館ですよ……」と言ったら、「大丈夫っしょ！」とツバを飛ばしながら笑っていた。さださん、相変わらず軽いんですよ、貴方の後輩は！　大晦日、よろしくお願い致します。

（落語家）

本書は、二〇二〇年四月に刊行された『さだの辞書』に、第六九回日本エッセイスト・クラブ賞受賞の言葉「エッセイスト・クラブ賞受賞の御礼に代えて　酋長・歯痛・ポリネシア」(『日本エッセイスト・クラブ会報』二〇二一年秋号)を加えた。

さくいん

さだの辞書

2024年1月16日　第1刷発行
2024年3月15日　第3刷発行

著　者　さだまさし

発行者　坂本政謙

発行所　株式会社　岩波書店
〒101-8002 東京都千代田区一ツ橋2-5-5

案内 03-5210-4000　営業部 03-5210-4111
https://www.iwanami.co.jp/

印刷・精興社　製本・中永製本

ISBN 978-4-00-602356-0　Printed in Japan

岩波現代文庫創刊二〇年に際して

二一世紀が始まってからすでに二〇年が経とうとしています。この間のグローバル化の急激な進行は世界のあり方を大きく変えました。世界規模で経済や情報の結びつきが強まるとともに、国境を越えた人の移動は日常の光景となり、今やどこに住んでいても、私たちの暮らしは世界中の様々な出来事と無関係ではいられません。しかし、グローバル化の中で否応なくもたらされる「他者」との出会いや交流は、新たな文化や価値観だけではなく、摩擦や衝突、そしてしばしば憎悪までをも生み出しています。グローバル化にともなう副作用は、その恩恵を遥かにこえていると言わざるを得ません。

今私たちに求められているのは、国内、国外にかかわらず、異なる歴史や経験、文化を持つ「他者」と向き合い、よりよい関係を結び直してゆくための想像力、構想力ではないでしょうか。

新世紀の到来を目前にした二〇〇〇年一月に創刊された岩波現代文庫は、この二〇年を通して、哲学や歴史、経済、自然科学から、小説やエッセイ、ルポルタージュにいたるまで幅広いジャンルの書目を刊行してきました。一〇〇〇点を超える書目には、人類が直面してきた様々な課題と、試行錯誤の営みが刻まれています。読書を通した過去の「他者」との出会いから得られる知識や経験は、私たちがよりよい社会を作り上げてゆくために大きな示唆を与えてくれるはずです。

一冊の本が世界を変える大きな力を持つことを信じ、岩波現代文庫はこれからもさらなるラインナップの充実をめざしてゆきます。

（二〇二〇年一月）

岩波現代文庫［文芸］

B307-308
赤い月（上・下）
なかにし礼

終戦前後、満洲で繰り広げられた一家離散の悲劇と、国境を越えたロマンス。映画・テレビドラマ・舞台上演などがなされた著者の代表作。〈解説〉保阪正康

B309
アニメーション、折りにふれて
高畑勲

自らの仕事や、影響を受けた人々や作品、苦楽を共にした仲間について縦横に綴った生前最後のエッセイ集、待望の文庫化。〈解説〉片渕須直

B310
花の妹　岸田俊子伝
—女性民権運動の先駆者—
西川祐子

京都での娘時代、自由民権運動との出会い、政治家・中島信行との結婚など、波瀾万丈の生涯を描く評伝小説。文庫化にあたり詳細な注を付した。〈解説〉和崎光太郎・田中智子

B311
大審問官スターリン
亀山郁夫

自由な芸術を検閲によって弾圧し、政敵を粛清した大審問官スターリン。大テロルの裏面と独裁者の内面に文学的想像力でせまる。文庫版には人物紹介、人名索引を付す。

B312
声の力
—歌・語り・子ども—
河合隼雄
阪田寛夫
谷川俊太郎
池田直樹

童謡、詩や絵本の読み聞かせなど、人間の肉声の持つ力とは？　各分野の第一人者が「声」の魅力と可能性について縦横無尽に論じる。

2024. 3

岩波現代文庫[文芸]

B313
惜櫟荘の四季
佐伯泰英

惜櫟荘の番人となって十余年。修復なった後も手入れに追われ、時代小説を書き続ける毎日が続く。著者の旅先の写真も多数収録。

B314
黒雲の下で卵をあたためる
小池昌代

誰もが見ていて、見えている日常から、覆いがはがされ、詩が詩人に訪れる瞬間。詩人は詩をどのように読み、文字を観て、何を感じるのか。〈解説〉片岡義男

B315
夢十夜
近藤ようこ漫画
夏目漱石原作

こんな夢を見た――。怪しく美しい漱石の夢の世界を、名手近藤ようこが漫画化。描き下ろしの「第十一夜」を新たに収録。

B316
村に火をつけ、白痴になれ
伊藤野枝伝
栗原康

結婚制度や社会道徳と対決し、貧乏に徹しわがままに生きた一〇〇年前のアナキスト、伊藤野枝。その生涯を体当たりで描き話題を呼んだ爆裂評伝。〈解説〉ブレイディみかこ

B317
僕が批評家になったわけ
加藤典洋

批評のことばはどこに生きているのか。その営みが私たちの生にもつ意味と可能性を、世界と切り結ぶ思考の原風景から明らかにする。〈解説〉高橋源一郎

2024. 3

岩波現代文庫[文芸]

B318
振仮名の歴史
今野真二

「振仮名の歴史」って？　平安時代から現代まで続く「振仮名の歴史」を辿りながら、日本語表現の面白さを追体験してみましょう。

B319
上方落語ノート 第一集
桂　米朝

上方落語をはじめ芸能・文化に関する論考・考証集の第一集。「花柳芳兵衛聞き書」「ネタ裏おもて」「考証断片」など。〈解説〉山田庄一

B320
上方落語ノート 第二集
桂　米朝

名著として知られる『続・上方落語ノート』を文庫化。「落語と能狂言」「芸の虚と実」「落語の面白さとは」など収録。〈解説〉石毛直道

B321
上方落語ノート 第三集
桂　米朝

名著の三集を文庫化。「先輩諸師のこと」「不易と流行」「天満・宮崎亭」「考証断片・その三」など収録。〈解説〉廓　正子

B322
上方落語ノート 第四集
桂　米朝

名著の第四集。「考証断片・その四」「風流昔噺」などのほか、青蛙房版刊行後の雑誌連載分も併せて収める。全四集。〈解説〉矢野誠一

2024. 3

岩波現代文庫［文芸］

B323
可能性としての戦後以後
加藤典洋

戦後の思想空間の歪みと分裂を批判的に解体し大反響を呼んできた著者の、戦後的思考の更新と新たな構築への意欲を刻んだ評論集。〈解説〉大澤真幸

B324
メメント・モリ
原田宗典

死の淵より舞い戻り、火宅の人たる自身の半生を小説的真実として描き切った渾身の作。懊悩の果てに光り輝く魂の遍歴。

B325
遠い声
—管野須賀子—
瀬戸内寂聴

大逆事件により死刑に処せられた管野須賀子。享年二九歳。死を目前に胸中に去来する、恋と革命に生きた波乱の生涯。渾身の長編伝記小説。〈解説〉栗原 康

B326
一〇一年目の孤独
—希望の場所を求めて—
高橋源一郎

「弱さ」から世界を見る。生きるという営みの中に何が起きているのか。著者初のルポルタージュ。文庫版のための長いあとがき付き。

B327
石の肺
—僕のアスベスト履歴書—
佐伯一麦

電気工時代の体験と職人仲間の肉声を交えアスベスト禍の実態と被害者の苦しみを記録した傑作ノンフィクション。〈解説〉武田砂鉄

岩波現代文庫[文芸]

B328
冬の蕾
—ベアテ・シロタと女性の権利—
樹村みのり

無権利状態にあった日本の女性に、男女平等条項という「蕾」をもたらしたベアテ・シロタの生涯をたどる名作漫画を文庫化。〈解説〉田嶋陽子

B329
青い花
辺見庸

男はただ鉄路を歩く。マスクをつけた人びとが彷徨う世界で「青い花」の幻影を抱え……。災厄の夜に妖しく咲くディストピアの〝愛〟と〝美〟。現代の黙示録。〈解説〉小池昌代

B330
書聖王羲之
—その謎を解く—
魚住和晃

日中の文献を読み解くと同時に、書作品をつぶさに検証。歴史と書法の両面から、知られざる王羲之の実像を解き明かす。

B331
霧の犬
—a dog in the fog—
辺見庸

恐怖党の跋扈する異様な霧の世界を描く表題作ほか、殺人や戦争、歴史と記憶をめぐる終わりの感覚に満ちた中短編四作を収める。終末の風景、滅びの日々。〈解説〉沼野充義

B332
増補 オーウェルのマザー・グース
—歌の力、語りの力—
川端康雄

政治的な含意が強調されるオーウェルの作品群に、伝承童謡や伝統文化、ユーモアの要素を読み解く著者の代表作。関連エッセイ三本を追加した決定版論集。

B333
六代目圓生コレクション
寄席育ち
三遊亭圓生

圓生みずから、生い立ち、修業時代、芸談、噺家列伝などをつぶさに語る。綿密な考証も施され、資料としても貴重。〈解説〉延広真治

B334
六代目圓生コレクション
明治の寄席芸人
三遊亭圓生

圓朝、圓遊、圓喬など名人上手から、知られざる芸人まで。一六〇余名の芸と人物像を、六代目圓生がつぶさに語る。〈解説〉田中優子

B335
六代目圓生コレクション
寄席楽屋帳
三遊亭圓生

『寄席育ち』以後、昭和の名人として活躍した日々を語る。思い出の寄席歳時記や風物詩も収録。聞き手・山本進。〈解説〉京須偕充

B336
六代目圓生コレクション
寄席切絵図
三遊亭圓生

寄席が繁盛した時代の記憶を語り下ろす。各地の寄席それぞれの特徴、雰囲気、周辺の街並み、芸談などを綴る。全四巻。〈解説〉寺脇研

B337
コブのない駱駝
―きたやまおさむ「心」の軌跡―
きたやまおさむ

ミュージシャン、作詞家、精神科医として活躍してきた著者の自伝。波乱に満ちた人生を自ら分析し、生きるヒントを説く。鴻上尚史氏との対談を収録。

2024. 3

B338-339
ハルコロ (1)(2)
石坂啓漫画
本多勝一原作
萱野茂監修

一人のアイヌ女性の生涯を軸に、日々の暮らしや祭り、誕生と死にまつわる文化など、アイヌの世界を生き生きと描く物語。〈解説〉本多勝一・萱野茂・中川裕

B340
ドストエフスキーとの旅 ―遍歴する魂の記録―
亀山郁夫

ドストエフスキーの「新訳」で名高い著者が、生涯にわたるドストエフスキーにまつわる体験を綴った自伝的エッセイ。〈解説〉野崎歓

B341
彼らの犯罪
樹村みのり

凄惨な強姦殺人、カルトの洗脳、家庭内暴力と息子殺し……。事件が照射する人間と社会の深淵を描いた短編漫画集。〈解説〉鈴木朋絵

B342
私の日本語雑記
中井久夫

精神科医、エッセイスト、翻訳家でもある著者の、言葉をめぐる多彩な経験を綴ったエッセイ集。独特な知的刺激に満ちた日本語論。〈解説〉小池昌代

B343
ほんとうのリーダーのみつけかた 増補版
梨木香歩

誰かの大きな声に流されることなく、自分自身で考え抜くために。選挙不正を告発した少女をめぐるエッセイを増補。〈解説〉若松英輔

2024. 3

B344
狡智の文化史
―人はなぜ騙すのか―
山本幸司

嘘、偽り、詐欺、謀略……。「狡智」という厄介な知のあり方と人間の本性との関わりについて、古今東西の史書・文学・神話・民話などを素材に考える。

B345
和の思想
―日本人の創造力―
長谷川櫂

和とは、海を越えてもたらされる異なる文化を受容・選択し、この国にふさわしく作り替える創造的な力・運動体である。
〈解説〉中村桂子

B346
アジアの孤児
呉濁流

植民統治下の台湾人が生きた矛盾と苦悩を克明に描き、戦後に日本語で発表された、台湾文学の古典的名作。〈解説〉山口守

B347
小説家の四季
1988―2002
佐藤正午

小説家は、日々の暮らしのなかに、なにを見つめているのだろう――。佐世保発の「ライフワーク的エッセイ」、第1期を収録！

B348
小説家の四季
2007―2015
佐藤正午

『アンダーリポート』『身の上話』『鳩の撃退法』、そして……。名作を生む日々の暮らしを軽妙洒脱に綴る「文芸的身辺雑記」、第2期を収録！

2024.3

B349
増補 もうすぐやってくる尊皇攘夷思想のために
加藤典洋
幕末、戦前、そして現在。三度訪れるナショナリズムの起源としての尊皇攘夷思想に向き合うために。晩年の思索の増補決定版。〈解説〉野口良平

B350
大きな字で書くこと／僕の一〇〇〇と一つの夜
加藤典洋
批評家・加藤典洋が自らを回顧する連載を中心に、発病後も書き続けられた最後のことばたち。没後刊行された私家版の詩集と併録。〈解説〉荒川洋治

B351
母の発達・アケボノノ帯
笙野頼子
縮んで殺された母は五十音に分裂して再生した。母性神話の着ぐるみを脱いで喰らってウンコにした、一読必笑、最強のおかあさん小説が再来。幻の怪作「アケボノノ帯」併収。

B352
日没
桐野夏生
海崖に聳える〈作家収容所〉を舞台に極限の恐怖を描き、日本を震撼させた衝撃作。「その恐ろしさに、読むことを中断するのは絶対に不可能だ」（筒井康隆）。〈解説〉沼野充義

B353
新版 一陽来復
―中国古典に四季を味わう―
井波律子
巡りゆく季節を彩る花木や風物に、中国古典詩文の鮮やかな情景を重ねて、心伸びやかに生きようとする日常を綴った珠玉の随筆集。〈解説〉井波陵一

岩波現代文庫［文芸］

B354
未闘病記
―膠原病、「混合性結合組織病」の―
笙野頼子

芥川賞作家が十代から苦しんだ痛みと消耗は十万人に数人の難病だった。病と「同行二人」の半生を描く野間文芸賞受賞作の文庫化。講演録「膠原病を生き抜こう」を併せ収録。

B355
定本 批評メディア論
―戦前期日本の論壇と文壇―
大澤聡

論壇／文壇とは何か。批評はいかにして可能か。日本の言論インフラの基本構造を膨大な資料から解析した注目の書が、大幅な改稿により「定本」として再生する。

B356
さだの辞書
さだまさし

「目が点になる」の『広辞苑 第五版』収録をご縁に27の三題噺で語る。温かな人柄、ユーモアにセンスが溢れ、多芸多才の秘密も見える。〈解説〉春風亭一之輔

B357-358
名誉と恍惚(上・下)
松浦寿輝

戦時下の上海で陰謀に巻き込まれ、すべてを失った日本人警官の数奇な人生。その悲哀を描く著者渾身の一三〇〇枚。谷崎潤一郎賞、ドゥマゴ文学賞受賞作。〈解説〉沢木耕太郎

2024. 3